Edgar Allan Poe
Die schwarze Katze

fabula Verlag Hamburg

Poe, Edgar Allan: Die schwarze Katze. Neuauflage. 2016
ISBN: 978-3-95855-427-6

Umschlaggestaltung: fabula Verlag Hamburg

Bibliografische Information der Deutschen Nationalbibliothek: Die
Deutsche Nationalbibliothek verzeichnet diese Publikation in der
Deutschen Nationalbibliografie; detaillierte bibliografische Daten
sind im Internet über https://dnb.de abrufbar.

Der fabula Verlag Hamburg ist ein Imprint der Bedey & Thoms Media
GmbH, Hermannstal 119k, 22119 Hamburg

fabula Verlag Hamburg, 2016
https://fabula-verlag-hamburg.de/
Gedruckt in Deutschland
Der fabula Verlag Hamburg übernimmt keine juristische Verantwortung oder irgendeine Haftung für evtl. fehlerhafte Angaben und deren Folgen.

Edgar Allan Poe

Die schwarze Katze

Inhalt

Die schwarze Katze 3

Lebendig begraben.. 17

Wassergrube und Pendel.. 35

Der Doppelmord in der Rue Morgue........................... 55

Die schwarze Katze

Dass man den so unheimlichen und doch so natürlichen Geschehnissen, die ich jetzt berichten will, Glauben schenkt, erwarte ich nicht, verlange es auch nicht. Ich müsste wirklich wahnsinnig sein, wenn ich da Glauben verlangen wollte, wo ich selbst das Zeugnis meiner eigenen Sinne verwerfen möchte. Doch wahnsinnig bin ich nicht – und sicherlich träume ich auch nicht. Morgen aber muss ich sterben, und darum will ich heute meine Seele entlasten. Aller Welt will ich kurz und sachlich eine Reihe von rein häuslichen Begebenheiten enthüllen, deren Wirkungen mich entsetzt – gemartert – vernichtet haben. Ich will jedoch nicht versuchen, sie zu deuten. Mir brachten sie die fürchterlichste Qual – anderen werden sie vielleicht nicht mehr scheinen als groteske Zufälligkeiten. Es ist wohl möglich, dass später einmal irgendein besonderer Geist sich findet, der meine anscheinend phantastischen Berichte als nüchterne Selbstverständlichkeiten zu erklären vermag – ein klarer und scharfer Geist, weniger exaltiert als ich, der in den Umständen, die ich mit bebender Scheu enthülle, nichts weiter sieht als die einfache Folge ganz natürlicher Ursachen und Wirkungen.

Seit meiner Kindheit galt ich als ein weichherziger, anschmiegsamer Mensch. Ja, meine hingebende Herzlichkeit trat so offen hervor, dass sie oft den Spott meiner Kameraden herausforderte. Da ich eine ganz besondere Zuneigung für die Tiere empfand, beglückten mich meine Eltern gern mit allerlei Lieblingen. Mit diesen verbrachte ich all meine freie Zeit, und nie war ich glücklicher, als wenn ich sie fütterte und liebkoste. Diese Liebhaberei wuchs mit mir heran, und noch im Mannesalter war sie mir eine Hauptquelle meiner Freuden. Wer jemals für einen treuen und klugen Hund wahre Zärtlichkeit hegte, den brauche ich nicht auf die innige Dankbarkeit, die das Tier uns dafür entgegenbringt, hinzuweisen. In der selbstlosen und opferfreudigen Liebe eines Tieres ist etwas, das jedem tief zu Herzen gehen muss, der je Gelegenheit hatte, die armselige ›Freundschaft‹ und geschwätzige Treue des ›erhabenen‹ Menschen zu erproben.

Ich heiratete früh und war herzlich froh, in meinem Weib ein mir verwandtes Gemüt zu finden. Als sie meine Liebhaberei für allerlei zahmes Getier erkannt hatte, versäumte sie keine Gelegenheit, solche Hausgenossen der angenehmsten Art anzuschaffen. Wir besaßen Vögel, Goldfische, einen schönen Hund, Kaninchen, einen kleinen Affen und – eine Katze.

Diese letztere war ein auffallend großes und schönes Tier, ganz schwarz und erstaunlich klug. Wenn wir auf ihre Intelligenz zu sprechen kamen, gedachte meine Frau, die übrigens nicht im geringsten abergläubisch war, manchmal des alten Volksglaubens, dass Hexen oft die Gestalt schwarzer Katzen anzunehmen pflegen. Nicht, dass sie damit jemals eine ernstliche Anspielung hätte machen wollen – ich erwähne es nur, weil ich gerade jetzt daran dachte.

Die Katze war mein bevorzugter Freund und Spielkamerad. Ich selbst fütterte sie, und wo ich im Hause stand und ging, war sie bei mir. Nur schwer konnte ich sie davon zurückhalten, mir auch auf die Straße zu folgen.

So bestand und bewährte sich unsere Freundschaft mehrere Jahre lang. In dieser Zeit aber hatte mein Charakter infolge meiner teuflischen Trunksucht – ich erröte bei diesem Bekenntnis – eine völlige Wandlung zum Bösen durchgemacht. Ich wurde von Tag zu Tag mürrischer, reizbarer, rücksichtsloser gegen die Gefühle anderer. Ich erlaubte mir selbst meiner Frau gegenüber rohe Worte. Schließlich schlug ich sie sogar. Meine Tiere mussten unter meiner Verkommenheit selbstverständlich ganz besonders leiden. Ich vernachlässigte sie nicht nur, sondern misshandelte sie auch. Auf die Katze indessen nahm ich noch immer so viel Rücksicht, dass ich sie nicht ebenso schlecht behandelte wie die Kaninchen, den Affen und auch den Hund, die ich bei jeder Gelegenheit misshandelte, wenn sie mir zufällig oder aus alter Anhänglichkeit in den Weg liefen. Doch mein Leiden wuchs – denn welches Leiden ist lebenszäher als der Hang zum Alkohol! – und endlich musste selbst die Katze, die jetzt alt und daher etwas grämlich zu werden begann, die Ausbrüche meiner Übellaunigkeit fühlen.

Eines Nachts, als ich schwer betrunken aus einer meiner Schnapsspelunken nach Hause kam, schien es mir so, als ob die Katze mir auswiche. Ich packte sie – und da, wahrscheinlich erschreckt durch meine Heftigkeit, riss sie mir mit den Zähnen eine leichte Schramme über die Hand. Im Augenblick geriet ich in wahnsinnige Wut. Ich war nicht mehr ich selbst. Mein wahres Wesen war plötzlich entflohen, und an seiner Stelle spannte eine viehische, trunkene Bosheit jeden Nerv in mir. Ich nahm aus der Westentasche ein Federmesser, öffnete es, riss das arme Tier am Halse empor und bohrte bedachtsam eines seiner Augen aus seiner Höhle heraus! – Die brennende Glut der Scham und kalte Schauer des Entsetzens überfallen mich jetzt, da ich jener höllischen Verruchtheit gedenke.

Am andern Morgen, nachdem ich meinen Rausch verschlafen hatte und mir die Vernunft zurückgekehrt war, empfand ich halb Grauen, halb Reue über das Verbrechen, dessen ich mich schuldig gemacht hatte; aber es war nur ein schwaches, oberflächliches Gefühl, und meine Seele blieb unbewegt. Ich stürzte mich aufs neue in wüste Ausschweifungen, und bald war im Wein jede Erinnerung an meine Untat ersäuft.

Inzwischen erholte sich die Katze langsam. Die leere Augenhöhle bot allerdings einen schrecklichen Anblick, aber Schmerzen schien das Tier nicht mehr zu haben. Wie früher ging es im Hause umher, floh aber, wie nicht anders zu erwarten war, in wahnsinniger Angst davon, sobald ich in seine Nähe kam. Es war mir noch immer so viel von meinem Gefühl geblieben, dass ich diese offenbare Abneigung eines Geschöpfes, das mich vordem so geliebt hatte, anfangs schmerzlich empfand. Doch dieses Empfinden wich bald einem anderen – der Erbitterung. Und dann kam, wie zu meiner endgültigen und unaufhaltsamen Vernichtung, noch der Geist des Eigensinns hinzu. Diesen Geist beachtet die Philosophie nicht, und dennoch bin ich wie von dem Leben meiner Seele davon überzeugt, dass Eigensinn eine der ursprünglichsten Regungen des menschlichen Wesens ist – eine der elementaren, primären Eigenschaften oder Empfindungen, die dem Charakter des Menschen seine Richtung geben. Wer hat nicht schon hundertmal eine gemeine oder dumme Handlung begangen, einzig und allein, weil er wusste, dass er eigentlich nicht so handeln solle! Haben wir nicht eine beständige Neigung, das Gesetz zu übertreten, nur weil wir eben wissen, dass es »Gesetz« ist? Ich sage, dieser Geist des Eigensinns war es, der mich endgültig umwarf. Es war jene unergründliche Gier der Seele, sich selbst zu quälen und im Trotz gegen ihre erhabene Reinheit allein um des Bösen willen das Böse zu tun, die mich antrieb, meine Schuld an der wehrlosen Katze noch zu erweitern, soweit nur eben möglich. So legte ich ihr eines Morgens eine Schlinge um den Hals und knüpfte sie an einem Baumast auf; ich erhängte sie unter strömenden Tränen und bittersten Gewissensqualen; erhängte sie, eben weil ich wusste, dass sie mich geliebt hatte, und weil ich fühlte, dass sie mir keinen Grund zu dieser Greueltat gegeben hatte; erhängte sie, weil ich wusste, dass ich damit eine Sünde beging – eine Todsünde, die meine unsterbliche Seele so befleckte, dass, wenn irgendeine Sünde nicht vergeben werden könnte, die unendliche Gnade des allbarmherzigen Gottes sich meiner Seele nicht erbarmen könnte.

In der auf diese grausame Tat folgenden Nacht wurde ich durch Feuerlärm aus dem Schlafe aufgeschreckt. Meine Bettvorhänge brannten. Das ganze Haus stand in Flammen. Mit knapper Not entrannen wir, meine Frau, unsere Magd und ich, dem Feuertode. Alles wurde vernichtet. Meine ganze irdische Habe war dahin, und ich überließ mich von nun an haltloser Verzweiflung.

Ich habe nicht die Schwäche, zwischen meiner Schandtat und diesem Unglück einen Zusammenhang, wie etwa Ursache und Wirkung, suchen zu wollen. Da ich aber eine Kette von Tatsachen anführe, so glaube ich, auch das allerkleinste Glied nicht unerwähnt lassen zu dürfen. Am Tage nach dem Brande besichtigte ich die Trümmerstätte. Die Mauern waren bis auf eine eingestürzt. Dies war eine nicht sehr starke Scheidewand, ungefähr aus der Mitte des Hauses, an der das Kopfende meines Bettes gestanden war. Sie hatte die Einwirkung des Feuers hartnäckig überdauert, eine Tatsache, die ich dem Umstände zuschrieb, dass dort der Bewurf erst kürzlich erneuert worden war. Vor dieser Mauer stand eine dichte Menschenmenge, und einzelne Personen schienen eine bestimmte Stelle eingehend und aufmerksam zu untersuchen. Die Worte »sonderbar!« »seltsam!« und andere ähnliche Ausrufe erregten meine Neugier. Ich trat heran – und sah auf die helle Fläche eingedrückt das Reliefbild einer großen Katze. Der Abdruck war erstaunlich naturgetreu. Um den Hals des Tieres lag ein Strick.

Als ich zuerst diesen Höllenspuk erblickte – denn für etwas anderes konnte ich es nicht halten –, geriet ich außer mir vor Staunen und Entsetzen. Schließlich aber kam mir die Überlegung zu Hilfe. Der Garten, in dem ich die Katze erhängt hatte, lag dicht bei dem Hause. Auf den Feuerlärm hin war sofort eine Menschenmenge in den Garten eingedrungen, und irgendeiner musste dort das Tier abgeschnitten und durch das offenstehende Fenster in mein Zimmer geworfen haben, wahrscheinlich in der guten Absicht, mich dadurch aus dem Schlaf zu wecken. Durch stürzendes Mauerwerk war das Opfer meiner Grausamkeit in die Masse des frisch aufgetragenen Bewurfs eingedrückt worden, und der Kalk dieses letzteren, in Verbindung mit der Brandglut und dem Ammoniak des Kadavers, hatte dann das Reliefbild so wunderbar geprägt, wie es nun zu sehen war.

Obgleich ich dieser eigenen, vernünftigen Erklärung bereitwillig Glauben schenkte, konnte mein Gewissen sich nicht so leicht beruhigen, und das Ereignis lastete schwer auf meiner Seele. Monatelang beschäftigte sich meine Phantasie mit der Katze, und es erwachte in mir ein Gefühl, das beinahe Reue sein konnte. Es kam so weit, dass ich den Verlust des Tieres bedauerte und mich in den Spelunken, in denen ich mich jetzt meistens herumtrieb, nach einer anderen Katze umsah, die der gemordeten möglichst ähnlich sein und deren Platz bei mir ausfüllen sollte.

Als ich einmal in der Nacht halb stumpfsinnig vor Trunkenheit in einer ganz gemeinen Schnapskneipe saß, wurde ich plötzlich auf einen schwarzen Gegenstand aufmerksam, der oben auf einem riesenhaften Oxhoft Branntwein oder Rum, dem Hauptmöbel der dunstigen Höhle, thronte. Da ich schon einige Minuten lang stier auf die Höhe des Fasses geblickt hatte, war ich jetzt erstaunt darüber, dass ich den Gegenstand dort oben nicht schon früher bemerkt hatte. Es war eine schwarze Katze – eine sehr große – gerade so groß wie die ermordete und dieser auch in allem ähnlich – bis auf eins: die meine hatte nicht ein einziges weißes Haar am ganzen Körper, diese Katze aber hatte einen großen, allerdings nicht scharf abgegrenzten weißen Fleck, der fast die ganze Brust bedeckte.

Als ich sie berührte, erhob sie sich sofort, schnurrte laut, rieb sich an meiner Hand und schien von der Beachtung, die ich ihr schenkte, entzückt zu sein. Das war also ganz ein Geschöpf, wie ich es suchte. Ich bot dem Wirt sofort an, ihm das Tier abzukaufen; der aber erhob keinen Anspruch auf die Katze: er kenne sie gar nicht – habe sie nie vorher gesehen.

Ich liebkoste das Tier, und als ich mich zum Heimgehen anschickte, zeigte es Lust, mich zu begleiten. Das erlaubte ich ihm. Unterwegs beugte ich mich manchmal zu ihm nieder und streichelte es. In meinem Hause fühlte sich die Katze sofort heimisch, und auch mit meiner Frau war sie vom ersten Tage an sehr befreundet.

In mir aber regte sich bald eine Abneigung gegen die Katze; das war gerade das Gegenteil dessen, was ich erwartet hatte, aber – ich weiß nicht, wie und weshalb es so kam – ihre aufdringliche Liebe zu mir war mir unangenehm, ja sogar zuwider. Nach und nach steigerte sich dieses Gefühl der Abneigung und des Ekels bis zu bitterstem Hass. Ich ging dem Vieh aus dem Wege; was mich davon zurückhielt, es zu misshandeln, waren allein ein gewisses Schamgefühl und die Erinnerung an meine frühere Greueltat. Einige Wochen lang konnte ich mich noch so weit beherrschen, die Katze weder zu schlagen noch sonstwie absichtlich schlecht zu behandeln, aber allmählich – mit jedem Tage mehr – sah ich sie nur noch mit unaussprechlichem Abscheu und floh bei ihrem unerträglichen Anblick so entsetzt davon wie vor dem Gifthauch der Pestilenz.

Was meinen Hass gegen das Katzenvieh zweifellos genährt hatte, war eine Entdeckung gewesen, die ich sofort, nachdem ich es zu mir genommen, gemacht hatte – die Entdeckung, dass es, wie die erste Katze, um eins seiner Augen beraubt war. Für meine Frau hingegen, die, wie ich schon sagte, jene unendliche Herzensgüte besaß, die auch mich einst auszeichnete und mir viel reine und harmlose Freuden gebracht hatte, war dies nur ein Grund mehr, das Tier zu lieben.

Mit meiner Abneigung gegen die Katze schien deren Vorliebe für mich nur zu wachsen. Sie folgte meinen Schritten mit einer unbeschreiblichen Beharrlichkeit, von der man sich kaum einen Begriff machen kann. Wenn ich mich setzte, kroch sie unter meinen Stuhl oder sprang auf meine Knie und belästigte mich mit ihren widerwärtigen Liebkosungen. Wenn ich aufstand, um fortzugehen, lief sie mir zwischen die Beine, so dass ich in Gefahr geriet, hinzufallen, oder sie hing sich mit ihren langen und scharfen Krallen in meine Kleider und kletterte mir bis zur Brust herauf. Trotzdem ich mich dann stets versucht fühlte, sie mit einem Faustschlag umzubringen, schreckte ich doch davor zurück, teils im Gedenken an mein früheres Verbrechen, hauptsächlich aber – ich will es nur gleich bekennen – aus sinnloser Angst vor der Bestie.

Diese Angst war nicht gerade Furcht davor, dass mir das Tier irgendeine Verletzung zufügen könnte, aber ich wüsste auch nicht, wie ich sie anders erklären sollte. Ich kann nur mit Beschämung gestehen – ja, selbst in dieser Verbrecherzelle schäme ich mich dessen –, dass die Gefühle des Schreckens und Entsetzens, die das Tier in mir hervorrief, durch ein Hirngespinst, wie man sich kaum eins närrischer denken kann, maßlos gesteigert wurden. Meine Frau hatte mich mehr als einmal auf die Form des weißen Brustfleckes aufmerksam gemacht, von dem ich bereits gesprochen habe und der das einzig sichtbare Unterscheidungsmerkmal zwischen dieser fremden und der von mir umgebrachten Katze bildete. Man wird sich meiner obigen Beschreibung entsinnen, wonach dieser Fleck, obschon er ziemlich groß war, ursprünglich nur undeutlich hervortrat; doch nach und nach, in kaum merklich fortschreitendem Wachstum – einem Vorgang, den meine Vernunft lange Zeit als reine Augentäuschung zu verwerfen strebte – wurde dieses Zeichen in scharfen Umrissen deutlich sichtbar. Es hatte nun die Form eines Gegenstandes, den ich nur mit Grausen nenne und dessen Abbild mich mehr als alles andere schreckte und entsetzte, so dass ich das Scheusal am liebsten umgebracht hätte, wenn ich nur den Mut dazu hätte finden können. Es war das Bild – so sei es denn herausgesagt – eines unheimlichen, eines fürchterlichen Dinges – eines Galgens! – O schrecklich drohendes Werkzeug des greuelhaften Mordens – des martervollen Todes!

Und jetzt war ich wirklich elend – elend weit über alles Menschenelend hinaus. Und ein vernunftloses Vieh – von dessen Geschlecht ich eines verächtlich umgebracht hatte – ein vernunftloses Vieh konnte mich – mich, den Menschen, das Ebenbild Gottes – so unsäglich elend machen! Ach, ich kannte nicht mehr den Segen der Ruhe, weder bei Tag noch bei Nacht! Bei Tage ließ das Tier mich nicht einen Augenblick allein, und in der Nacht fuhr ich fast jede Stunde aus qualvollen Angstträumen empor, um den heißen Atem des Viehes über mein Gesicht wehen zu fühlen und den Druck seines schweren Gewichts – wie die Verkörperung eines gräßlichen Alpgespenstes, das ich nicht abzuschütteln vermochte – auf meiner Brust zu tragen.

Unter der Wucht solcher Qualen erlag in mir der schwache Rest des Guten. Böse Gedanken wurden die Vertrauten meiner Seele – schwarze, ekle Höllengedanken! Meine bisherige Stimmung schwoll an zu bösem Hass gegen alles in der Welt und gegen die ganze Menschheit; und meistens war es, ach! mein schweigend duldendes Weib, das nun das unglückliche Opfer meiner häufigen, plötzlichen und zügellosen Wutausbrüche wurde.

Eines Tages begleitete sie mich irgendeines häuslichen Geschäftes wegen in den Keller des alten Gebäudes, das wir in unsrer Armut zu bewohnen genötigt waren. Die Katze folgte mir die Stufen der steilen Treppe hinab und war mir dabei so hinderlich, dass ich beinahe kopfüber hinuntergestürzt wäre. Das machte mich rasend. In sinnlosem Zorn vergaß ich die kindische Furcht, die meine Hand bisher zurückgehalten hatte, ergriff eine Axt und führte einen Hieb nach dem Tier, der augenblicklich tödlich gewesen wäre, wenn er sein Ziel getroffen hätte. Aber meine Frau fiel mir in den Arm. Diese

Einmischung brachte mich in wahrhaft teuflische Wut. Ich entwand mich ihrem Griff und schlug die Axt tief in ihren Schädel ein. Sie brach lautlos zusammen.

Nachdem dieser gräßliche Mord geschehen war, machte ich mich sogleich und mit voller Überlegung daran, den Leichnam zu verbergen. Ich wusste, dass ich ihn weder am Tage noch in der Nacht aus dem Hause schaffen konnte, ohne dabei Gefahr zu laufen, von den Nachbarn beobachtet zu werden. Mancherlei Pläne schossen mir durch den Sinn. Zuerst dachte ich daran, den Körper in kleine Stücke zu zerhacken und sie durch Feuer zu vernichten. Dann beschloss ich, ihm im Boden des Kellers ein Grab zu graben. Ich überlegte mir aber auch, ob ich ihn nicht lieber im Hof in den Brunnen werfen sollte – oder ob ich ihn wie eine Ware in eine mit unauffälligen Aufschriften versehene Kiste packen und diese durch einen Träger fortschaffen lassen sollte. Endlich kam ich auf einen Gedanken, der mir der richtige Ausweg zu sein schien: ich entschloss mich, die Leiche im Keller einzumauern – ganz so, wie es alten Erzählungen zufolge die Mönche des Mittelalters mit ihren Opfern gemacht haben mochten.

Zur Ausführung gerade dieses Planes war der Keller sehr geeignet. Die Mauern waren leicht gebaut und erst kürzlich mit einem groben Mörtel beworfen worden, der infolge der Feuchtigkeit der Kellerluft noch nicht hart geworden war. Überdies war an einer der Mauern ein Vorsprung, hinter dem sich ein unbenutzter Rauchschlot oder eine Feuerstelle befand und der neuerdings wieder ausgefüllt und den übrigen Wänden des Kellers gleichgemacht worden war. Ich zweifelte nicht daran, dass es mir leicht möglich sein würde, an dieser Stelle die Ziegelsteine herauszunehmen, den Leichnam in die Höhlung hineinzubringen und die Wand wieder zuzumauern, so dass kein Mensch etwas Verdächtiges entdecken könnte.

Und diese Berechnung täuschte mich nicht. Mit Hilfe eines Brecheisens gelang es mir mühelos, die Steine zu lockern;

nachdem ich den Leichnam mit aller Vorsicht aufrecht gegen die innere Wand gelehnt hatte, stützte ich ihn in dieser Stellung fest und füllte das Mauerloch ohne Schwierigkeit wieder aus, genau so, wie es zuvor gewesen war. Ich hatte mir in aller Stille Mörtel, Sand und Haar zu verschaffen gewusst und stellte daraus einen Bewurf her, der von dem der anderen Wände nicht zu unterscheiden war; mit ihm bestrich ich sehr sorgfältig die neue Vermauerung. Als ich damit fertig war, fand ich zu meiner Befriedigung, dass nun alles in Ordnung sei. Man sah der Mauer nicht im geringsten an, dass sie aufgebrochen worden war. Den Schutt am Boden hatte ich mit peinlichster Sorgfalt entfernt. Triumphierend sah ich auf mein Werk und sagte zu mir selbst: »Hier wenigstens ist deine Arbeit nicht umsonst gewesen.«

Das nächste, was ich nun tat, war, mich nach der Bestie umzusehen, die so viel Elend veranlasst hatte, denn ich hatte ihr inzwischen längst das Urteil gesprochen: sie musste sterben! Hätte sie sich jetzt vor mir blicken lassen, so wäre es zweifellos sofort um sie geschehen gewesen; aber es schien, als ob das verschlagene Tier, noch beunruhigt durch meinen heftigen Wutausfall, es mit Absicht vermied, mir in meiner gegenwärtigen Stimmung vor die Augen zu kommen. Es ist unmöglich, zu beschreiben oder auch nur sich vorzustellen, wie tief beruhigend das Gefühl der Erlösung war, das ich über die Abwesenheit der verHassten Katze empfand. Auch in der Nacht ließ sie sich nicht blicken – und so schlief ich, seitdem ich sie in mein Haus gebracht hatte, wenigstens eine Nacht hindurch tief und ruhig; ja, ich schlief, selbst mit der Last des Mordes auf der Seele.

Der zweite und der dritte Tag vergingen, ohne dass mein Quälgeist zurückkehrte. Ich atmete wieder auf wie ein Befreiter. Der Schrecken hatte das Ungeheuer für immer vertrieben. Ich sollte es nie mehr erblicken! Meine Seligkeit war grenzenlos! Das Bewusstsein meiner schwarzen Tat störte mich nur wenig. Ein paar Nachfragen, die erhoben worden waren, hatte ich schlagfertig beantwortet. Selbst eine Haussuchung hatte stattgefunden – aber natürlich war nichts zu entdecken gewesen. Ich brauchte also für die Zukunft nichts mehr zu befürchten.

Am vierten Tage nach dem spurlosen Verschwinden meiner Frau kam ganz unerwartet eine Polizeikommission und begann von neuem alle Räumlichkeiten gründlich zu durchsuchen. Ich war jedoch nicht im geringsten darüber beunruhigt, da ich sicher war, dass die Leiche in ihrem geheimen Versteck nicht entdeckt werden konnte. Die Beamten forderten mich auf, sie bei der Durchsuchung zu begleiten. Sie übersahen keinen Winkel, kein Versteck. Schließlich stiegen sie zum dritten- oder viertenmal in den Keller hinab. Ich blieb ruhig wie Stein. Mein Herz schlug so friedlich wie das eines Menschen, der in Unschuld schläft. Ich folgte den Herren von einem Ende des Kellers bis zum andern. Die Arme über der Brust verschränkt, ging ich festen Schrittes einher. Die Beamten waren vollkommen beruhigt und schickten sich an, fortzugehen. Die Freude meines Herzens war zu groß – ich musste sie irgendwie äußern! Ich brannte darauf, wenigstens ein Wort des Triumphes auszurufen, das zugleich aber auch die Herren in ihrer Überzeugung von meiner Unschuld bestärken sollte.

»Meine Herren,« sagte ich, als sie bereits wieder die Kellerstufen emporstiegen, »ich bin entzückt, Ihren Verdacht zerstreut zu haben. Ich wünsche Ihnen viel Glück und ein wenig mehr Höflichkeit. Nebenbei bemerkt, meine Herren, dies – dies ist ein sehr gut gebautes Haus« (in dem verrückten Wunsch, irgend etwas Herausforderndes zu sagen, wusste ich kaum, was ich überhaupt redete), »ich möchte sagen, ein hervorragend gut gebautes Haus. Diese Mauern – gehen Sie schon, meine Herren? – diese Mauern sind solide aufgeführt.« Und hier – rein aus tollem Übermut – schlug ich mit einem Stock, den ich gerade bei der Hand hatte, kräftig auf die Stelle des Mauerwerks, hinter der sich die Leiche meines einst so geliebten Weibes befand.

Aber – möge Gott mir gnädig sein und mich retten aus den Krallen des Erzfeindes! – kaum war der Schall meiner Schläge verhallt, als eine Stimme aus dem Grabe mir Antwort gab. Es war ein Schreien, zuerst erstickt und abgebrochen wie das Weinen eines Kindes, dann aber schwoll es an zu einem ununterbrochenen, durchdringenden und unheimlichen Gekreisch, das keiner menschlichen Stimme mehr zu vergleichen war – zu einem bald jammervoll klagenden, bald höhnisch johlenden Geheul, wie es nur aus der Hölle kommt, wenn das Wehklagen der zu ewiger Todespein Verdammten sich mit dem Frohlocken der Höllengeister zu einem Schall vereint.

Es ist wohl überflüssig, noch davon zu sprechen, was ich in diesem Augenblick empfand. Ohnmächtig taumelte ich an die gegenüberliegende Mauer. Die Leute auf der Treppe standen regungslos, von Schreck und Entsetzen gelähmt. Im nächsten Moment aber arbeitete ein Dutzend kräftiger Hände daran, die Mauer einzureißen. Sie fiel. Der schon stark in Verwesung übergegangene und mit geronnenem Blut bedeckte Leichnam stand aufrecht vor den Augen der Männer. Auf seinem Kopf saß, mit weit aufgesperrtem rotem Rachen und dem einen glühenden Auge, die fürchterliche Katze, deren teuflische Gewalt mich zum Mörder gemacht hatte und deren Stimme mich nun den Henkern überlieferte. Ich hatte das Scheusal in das Grab mit eingemauert.

Lebendig begraben

Es gibt Themen, die für unsern Geist stets von Interesse sein werden, die aber zu entsetzlich sind, als dass die Dichtung sie behandeln könnte. Der Romanschreiber muss sie vermeiden, wenn er nicht in die Gefahr geraten will, Abscheu und Ekel zu erwecken. Sie sind nur dann möglich, wenn Ernst und Majestät des Todes sie heiligen und stützen. Welch »angenehmes Gruseln« fühlen wir z.B. bei dem Bericht des Überganges über die Beresina, des Erdbebens von Lissabon, der Pest in London, der Metzeleien der Bartholomäusnacht oder des Erstickungstodes der hundertdreiundzwanzig Gefangenen im »Schwarzen Loch« von Kalkutta. Doch in allen diesen Berichten ist es die Tatsache – ist es die Wirklichkeit – das geschichtliche Ereignis, das aufregt. Als Dichtungen würden wir sie nur mit Abscheu betrachten.

Ich habe hier einige wenige der großen und folgenreichen Unglücksfälle erwähnt; in diesen aber ist es ebensosehr die Größe wie die Art des Unglücks, was auf unsere Phantasie so lebhaften Eindruck macht. Ich brauche dem Leser nicht vorzuhalten, dass ich aus dem langen und schaurigen Register menschlichen Elends manchen Einzelfall hätte herausgreifen können, der leidvoller gewesen ist als irgendeiner dieser Massentode. Das wahre Elend – das tiefste Weh – erlebt der einzelne, nicht die Gesamtheit. Und dass das Fürchterlichste, der Todeskampf, vom einzelnen und nicht von der Gesamtheit getragen wird – dafür lasst uns dem barmherzigen Gott danken!

Lebendig begraben zu werden, ist ohne Frage die grauenvollste aller Martern, die je dem Sterblichen beschieden wurde. Dass es häufig, sehr häufig vorgekommen ist, wird von keinem Denkenden bestritten werden. Die Grenzen, die Leben und Tod scheiden, sind unbestimmt und dunkel. Wer kann sagen, wo das eine endet und das andere beginnt? Wir wissen, dass es Krankheitsfälle gibt, in denen ein völliger Stillstand all der sichtbaren Lebensfunktionen eintritt, und dennoch ist dieser Stillstand nur eine Pause, nur ein zeitweiliges Aussetzen des unbegreiflichen Mechanismus. Einige Zeit vergeht – und eine unsichtbare, geheimnisvolle Ursache setzt die zauberhaften Schwingen, das gespenstische Räderwerk wieder in Bewegung. Die silberne Saite war nicht zerrissen, der goldene Bogen war nicht unrettbar zerbrochen. Wo aber war währenddessen die Seele?

Doch abgesehen von der logischen Schlußfolgerung a priori, dass solche Ereignisse auch ihre Folgen haben müssen, dass diese wohlbekannten Fälle von Scheintod selbstredend hier und da zu einem vorzeitigen Begräbnis führen müssen – abgesehen von dieser Betrachtung haben wir das direkte Zeugnis der Ärzte und der Erfahrung als Beweis, dass zahlreiche solcher Begräbnisse stattgefunden haben. Ich kann auf Verlangen sofort hundert authentisch erwiesene Fälle anführen. Einer derselben, dessen eigenartige Umstände einigen meiner Leser noch frisch im Gedächtnis sein dürften, ereignete sich vor nicht allzulanger Zeit in der benachbarten Stadt Baltimore, wo er in allen Kreisen tiefe und schmerzliche Aufregung hervorrief.

Die Frau eines der angesehensten Bürger – berühmten Advokaten und Kongressmitgliedes – wurde von einer plötzlichen und unerklärlichen Krankheit befallen, an der die Kunst der Ärzte scheiterte. Nach schrecklichen Leiden starb sie oder wurde wenigstens für tot gehalten. Nicht einer vermutete, dass sie nur scheintot sei – nicht einer hatte Grund dazu. Sie zeigte alle üblichen Merkmale des Todes. Das Gesicht hatte die bekannten verkniffenen und eingesunkenen

Züge; die Lippen hatten Marmorblässe; die Augen waren glanzlos. Sie hatte weder Blutwärme noch Pulsschlag. Drei Tage blieb der Körper unbeerdigt, und in dieser Zeit war er zu Eiseskälte erstarrt. Man beeilte die Bestattung, weil die vermeintliche Zersetzung so rasche Fortschritte machte.

Die Dame wurde in der Familiengruft beigesetzt, und drei Jahre lang blieb diese unberührt. Nach Ablauf dieser Frist wurde sie zur Aufnahme eines Sarkophags geöffnet; – aber ach! welch furchtbarer Schlag erwartete den Gatten, der eigenhändig das Tor aufschoss! Als die Türflügel nach außen aufflogen, sank ein weißgekleidetes Etwas ihm klappernd in die Arme. Es war das Totenskelett seines Weibes in dem noch unverwesten Leichenkleid.

Sorgfältige Nachforschungen ergaben, dass sie zwei Tage nach ihrem Begräbnis wieder erwacht und dass der Sarg infolge ihrer verzweifelten Befreiungsversuche von der Bahre herabgestürzt und zerbrochen war, so dass sie ihm entsteigen konnte. Eine Öllampe, die zufällig gefüllt in der Gruft zurückgelassen worden war, stand leer; das Öl konnte aber auch verdunstet sein. Auf der obersten Stufe der Treppe, die zur Totenkammer hinabführte, lag ein Teil des Sarges, mit dem sie wahrscheinlich gegen das Eisentor geschlagen hatte, um die Aufmerksamkeit auf sich zu lenken. Bei dieser Tätigkeit hatte sie vermutlich eine Ohnmacht – oder auch infolge des Grauens der Tod befallen; beim Niedersinken verfing sich ihr Leichenhemd in irgendeinem vorstehenden Eisenteil des Tores. So blieb sie, und so verweste sie – aufrecht.

Im Jahre 1810 ereignete sich in Frankreich ein vorzeitiges Begräbnis von so seltsamen Umständen, dass sie die Behauptung rechtfertigen: die Wirklichkeit ist oft seltsamer als alle Dichtung. Die Heldin der Geschichte war ein Fräulein Victorine Lafourcade, ein junges und sehr schönes Mädchen aus vornehmer und wohlhabender Familie. Unter ihren zahlreichen Verehrern war auch ein Herr Julien Bossuet, ein armer

Gelehrter oder Literat aus Paris. Sein Talent und sein einnehmendes Wesen hatten die Aufmerksamkeit der Erbin erregt, die ihn aufrichtig geliebt zu haben scheint; ihr Familienstolz bewog sie schließlich aber doch, ihn abzuweisen und einen Herrn Renelle zu heiraten, einen Bankier und gewandten Diplomaten. Nach der Hochzeit aber vernachlässigte sie der Gatte – ja misshandelte sie wohl gar, und nach einigen leidvollen Jahren starb sie – wenigstens glich ihr Zustand so ganz dem Tod, dass jeder, der sie sah, sich täuschen ließ. Sie wurde begraben – nicht in einer Gruft, sondern in einer gewöhnlichen Grabstätte ihres Heimatdorfes. Voll Verzweiflung und entflammt von der Erinnerung an ihre tiefe Zuneigung reist der abgewiesene Freier von der Hauptstadt nach der entlegenen Provinz, zu jenem Dorf, in der romantischen Absicht, die Leiche auszugraben und sich in den Besitz ihrer wunderbaren Locken zu setzen. Er findet das Grab. Um Mitternacht legt er den Sarg von der Erde bloß, öffnet ihn und ist dabei, das Haar abzuschneiden, als er innehält – denn die geliebten Augen öffnen sich. Man hatte die junge Frau lebendig begraben. Die Lebenskraft war noch nicht ganz entwichen, und die Liebkosungen ihres Getreuen erweckten sie aus der Lethargie, die man irrtümlich für Tod gehalten. In wahnsinniger Freude trug er sie nach seiner Wohnung im Dorf, wo er, der einige medizinische Kenntnisse hatte, ihr allerlei Belebungsmittel einflößte. Endlich erholte sie sich. Sie erkannte ihren Erretter. Sie blieb bei ihm, bis sie ihre frühere Gesundheit wieder erlangt hatte. Ihr Frauenherz war nicht von Eisen, und dieser letzte Liebesbeweis erweichte es; sie gab es Bossuet zu eigen. Sie kehrte nicht zu ihrem Gatten zurück, sondern verbarg ihm ihre Auferstehung und entfloh mit dem Geliebten nach Amerika. Zwanzig Jahre später kamen die beiden wieder nach Frankreich, in der Überzeugung, die Zeit habe das Äußere der Frau so sehr verändert, dass ihre Angehörigen sie nicht wiedererkennen würden. Sie irrten sich jedoch, denn bei der ersten Begegnung erkannte Herr Renelle sein Weib und erhob Anspruch auf sie. Sie weigerte sich aber, zu ihm zurückzukehren, und das Gericht gab ihr recht, indem es entschied, dass die besonderen Umstände und die lange Reihe von Jahren nicht nur billigerweise, sondern auch gesetzlich die Rechte des Gatten ausgelöscht hätten.

Die Leipziger »Chirurgische Zeitung« – eine bedeutende und angesehene Zeitschrift, von der man wünschen möchte, dass sie, in unsere Sprache übersetzt, auch in Amerika erschiene – berichtet in einer der letzten Nummern ein ähnliches Ereignis furchtbarer Art.

Ein Artillerieoffizier, von prächtiger Gestalt und von robuster Gesundheit, wurde von einem störrischen Pferde abgeworfen und trug eine äußerst schwere Kopfwunde davon, die ihm sofort das Bewusstsein nahm; er hatte eine leichte Schädelfraktur, doch schien keine direkte Gefahr vorhanden. Die Trepanierung war erfolgreich; man ließ ihm zur Ader, und viele andere Linderungsmittel wurden angewandt. Trotzalledem nahm die Betäubung, die Erstarrung mehr und mehr zu, und schließlich hielt man ihn für tot.

Es war warmes Wetter, und er wurde mit fast unziemlicher Eile zu Grabe getragen. Das geschah an einem Donnerstag. Am darauffolgenden Sonntag war der Friedhof wie üblich sehr besucht, und um die Mittagszeit brachte ein Bauer die ganze Menge in Aufruhr mit der Behauptung, während er auf dem Grabe des Offiziers gesessen, habe sich die Erde unter ihm bewegt, als suche sich jemand herauszuarbeiten. Zunächst schenkte man der Versicherung des Mannes keinen Glauben, aber sein sichtliches Entsetzen und die Hartnäckigkeit, mit der er bei seiner Aussage verblieb, machten zum Schluß doch Eindruck auf die Menge. Man schaffte eilends Spaten herbei, und das nur oberflächlich zugeschüttete Grab war in wenigen Minuten so weit bloßgelegt, dass der Kopf des Eingesargten sichtbar ward. Er schien tot zu sein, aber er saß aufrecht in seinem Sarg, dessen Deckel er bei seinen wütenden Befreiungsversuchen teilweise abgehoben hatte.

Er wurde sofort ins nächste Hospital gebracht, wo man konstatierte, dass er, wenngleich in tiefer Ohnmacht, noch am Leben sei. Nach einigen Stunden erwachte er, erkannte die an sein Lager geeilten Freunde und sprach in abgerissenen Sätzen von seinen Befreiungsversuchen im Grabe.

Aus dem, was er sagte, ging hervor, dass er im Grabe mehr als eine Stunde wach gewesen sein musste, ehe ihn das Bewusstsein verließ. Das Grab war nur oberflächlich mit sehr lockerer Erde angefüllt und ließ daher der Luft etwas Zutritt. Er hörte die Schritte der Menge über sich und versuchte seinerseits, sich hörbar zu machen. Er war der Meinung, das Geräusch der vielen Schritte habe ihn erweckt, doch kaum erwacht, gewahrte er mit namenlosem Entsetzen seine schreckliche Lage.

Dieser Patient – hieß es in dem Bericht weiter – erholte sich wieder, und es schien, als werde er ganz gesunden, da wurde er das Opfer eines medizinischen Experiments. Man wendete die galvanische Batterie bei ihm an, und er verstarb plötzlich in einem Paroxysmus, wie dieses Verfahren ihn manchmal zur Folge hat.

Bei Erwähnung der galvanischen Batterie fällt mir ein wohlbekannter und ganz seltsamer Fall ein, die Tatsache nämlich, dass ihre Anwendung bei einem jungen Londoner Advokaten, der bereits zwei Tage begraben gelegen hatte, diesen wieder ins Leben zurückrief. Das geschah im Jahre 1831 und machte überall, wo davon die Rede war, großes Aufsehen.

Der Patient, Herr Eduard Stapleton, war anscheinend an Typhus gestorben, doch unter eigenartigen Begleitumständen, welche die Neugier seiner Ärzte erregt hatten. Nach seinem Hinscheiden ersuchte man die Verwandten, eine Sezierung der Leiche zu gestatten, was aber abgelehnt wurde. Wie das nach solcher Weigerung oft geschieht, beschlossen die Ärzte, den Leichnam auszugraben und dennoch heimlich zu sezieren. Man einigte sich mit einer Bande von Leichenräubern, wie sie in London nicht selten sind, und in der dritten Nacht nach dem Begräbnis wurde die angebliche Leiche aus ihrem acht Fuß tiefen Grabe hervorgeholt und in das Operationszimmer eines Privatspitals gebracht.

Ein ziemlich großer Schnitt in den Unterleib zeigte, dass das Fleisch noch frisch und unverwest war, und brachte die Ärzte auf den Einfall, die galvanische Batterie anzuwenden. Ein Experiment folgte dem andern und hatte die üblichen Wirkungen, die nur in zwei Fällen den konvulsivischen Zuckungen ein mehr als gewöhnliches Leben gaben.

Es wurde spät. Der Tag dämmerte, und man hielt es für ratsam, endlich die Sektion vorzunehmen. Ein Student jedoch, der gern eine eigene Theorie erproben wollte, bestand darauf, die Batterie auf einen der Brustmuskel anzuwenden. Man machte schnell einen Schnitt und brachte einen Draht in Kontakt mit dem Muskel. Da plötzlich erhob sich der Patient mit einer schnellen, doch keineswegs konvulsivischen Bewegung vom Tisch, schritt in die Mitte des Zimmers, blickte sekundenlang unsicher umher und sprach. Was er sagte, war nicht zu verstehen; aber er äußerte Worte, bildete Silben. Als er gesprochen hatte, fiel er schwer zu Boden.

Einen Augenblick waren alle gelähmt von Entsetzen; doch das Bewusstsein, dass hier rasch eingegriffen werden müsse, gab ihnen bald die Geistesgegenwart zurück. Man entdeckte, dass Herr Stapleton ohnmächtig, aber am Leben war. Nach Anwendung von Äther erwachte er und konnte schnell wiederhergestellt und seinen Verwandten zurückgegeben werden. Ihr Erstaunen – ihre namenlose Verwunderung sei hier verschwiegen.

Das Unerhörteste aber an dem ganzen Ereignis ist das, was Herr Stapleton selbst berichtet. Er erklärt, die ganze Zeit über nie völlig besinnungslos gewesen zu sein, sondern – wenn auch unklar und verwirrt – alles gewusst zu haben, was mit ihm vorging – vom Augenblick an, da die Ärzte ihn für »tot« erklärten, bis zu dem, da er im Hospital ohnmächtig zu Boden sank. »Ich lebe« waren die unverständlichen Worte, die er, als er vom Seziertisch heruntertaumelte, in seiner äußersten Not herausstieß.

Es wäre ein leichtes, noch viele solcher Geschichten anzuführen; ich unterlasse es aber, denn wir bedürfen ihrer nicht zur Feststellung der Tatsache, dass verfrühte Begräbnisse stattfinden. Wenn wir bedenken, wie selten es naturgemäß in unserer Macht liegt, solche Fälle aufzudecken, so müssen wir zugeben, dass sie häufig genug ohne unser Wissen vorkommen. Tatsächlich finden kaum je in einem Friedhof umfangreiche Umgrabungen statt, ohne dass Skelette aufgefunden werden, deren Haltung die fürchterlichsten Vermutungen rechtfertigt.

Fürchterlich die Vermutung, doch fürchterlicher noch das Schicksal selbst! Es ist nicht zu viel gesagt mit der Behauptung, dass kein Ereignis so grauenvoll geeignet ist, Leib und Seele aufs äußerste zu schrecken, wie das Lebendigbegrabensein. Der unerträgliche, atemraubende Druck – die erstickenden Dünste der feuchten Erde – das hemmende Leichengewand – die harte Enge des schmalen Hauses – das Dunkel vollkommener Nacht – die alles verschlingende Woge ewiger Stille – die unsichtbare, doch fühlbare Nähe des Eroberers Wurm – diese Dinge und der Gedanke, dass droben die Gräser im Winde wehn, und die Erinnerung an liebe Freunde, die, wenn sie nur unser Schicksal ahnten, zu unserer Rettung herbeieilen würden, und das Bewusstsein, dass sie dies Schicksal nie erfahren werden – dass wir ohne alle Hoffnung zu den wirklich Toten zählen – diese Betrachtungen, sage ich, tragen in das noch pulsende Herz ein so namenloses Grauen, wie selbst die stärkste Phantasie es nicht beschreiben kann. Gibt es auf Erden ähnlich Grauenvolles – können wir uns selbst für die tiefste Hölle solche Schrecken träumen? Und daher begegnet man derartigen Berichten mit so besonderem Interesse – aber einem Interesse, das ganz von unserem Glauben an die Wahrheit des geschilderten Ereignisses abhängig ist. Was ich jetzt erzählen will, habe ich selbst am eigenen Leibe erfahren.

Ich war jahrelang den Anfällen jener seltsamen Krankheit unterworfen, der die Ärzte in Ermangelung einer treffenden Bezeichnung den Namen Katalepsie gegeben haben. Obgleich die mittelbaren und unmittelbaren Ursachen fast unbekannt sind, ja sogar die Krankheitsdiagnose selbst noch dunkel ist, so sind doch ihre äußerlich wahrnehmbaren Merkmale zur Genüge bekannt. Ihre Haupteigenschaft besteht in der Verschiedenartigkeit ihrer Anfälle. Manchmal liegt der Patient nur einen Tag oder selbst kürzere Zeit in vollständiger Lethargie. Er ist gefühllos und regungslos, aber der Herzschlag ist noch schwach fühlbar, der Körper ist noch ein wenig warm, ein leichtes Rot färbt die Wangen, und wenn man den Lippen einen Spiegel nähert, so kann man ein träges, unregelmäßiges Atmen wahrnehmen. Dann wieder dauert dieser Zustand Wochen – ja Monate, und dann vermögen die sorgfältigsten ärztlichen Untersuchungen nicht mehr einen Unterschied festzustellen zwischen dem Zustand des Kranken und dem, was wir als Tod bezeichnen. Sehr häufig wird er nur dadurch vor vorzeitigem Begrabenwerden bewahrt, dass seine Freunde von früheren kataleptischen Anfällen wissen und daher argwöhnisch sind, und vor allem dadurch, dass keine Verwesung eintritt. Die Krankheit macht glücklicherweise nur langsame Fortschritte; schon ihre ersten Anzeichen sind unzweideutiger Natur. Nach und nach werden die Anfälle stärker und dauern von Mal zu Mal länger. Hierin hauptsächlich liegt die Sicherheit vor einem allzufrühen Begrabenwerden. Der Unglückselige, dessen erster Anfall bereits die Heftigkeit des letzten hätte, würde unvermeidlich lebendig zu Grabe getragen.

Mein eigener Fall wich in nichts von den in medizinischen Büchern geschilderten Fällen ab. Ohne ersichtliche Ursache überfiel mich hie und da ein ohnmachtartiger Zustand, in dem ich ohne Schmerzen und regungslos, ja ohne Denkvermögen verharrte, immer aber mit dem schwachen Bewusstsein dessen, was an meinem Lager vorging, bis ich ganz plötzlich wieder zu vollem Bewusstsein erwachte. Zu andern Zeiten packte es mich rasch und ungestüm. Mir wurde übel, mich fröstelte, und ein Schwindelanfall warf mich rasch zu Boden. Dann war wochenlang alles um mich her leer und stumm und schwarz, und das Weltall wurde zum Nichts. Es war der vollkommene Tod. Aus diesen letzteren Anfällen aber erwachte ich weit langsamer, als ich davon befallen wurde. Gleichwie dem freund- und heimatlosen Bettler, der die lange einsame Winternacht durch die Straßen irrt, die Morgendämmerung nur zögernd, nur ganz allmählich und doch wie beglückend erscheint – geradeso kehrte das Licht meiner Seele zurück.

Abgesehen von diesen kataleptischen Anfällen schien mein Gesundheitszustand gut und keiner Beeinflussung durch diese Krankheit unterworfen – bis auf eine gewisse Eigentümlichkeit meines gewöhnlichen Schlafes. Wenn ich erwachte, war ich nie sofort Herr meiner Sinne, sondern blieb minutenlang erschreckt und verwirrt; die geistigen Fähigkeiten, besonders das Gedächtnis, waren wie gelähmt.

In all meinem Leiden gab es kaum physische Schmerzen, aber eine unerträgliche seelische Depression. Meine Phantasie sah nichts als Leichen. Ich sprach von Würmern, Grab und Leichenstein. Ich versank in Träumereien über den Tod und war von der düstern Ahnung erfasst, einmal lebendig begraben zu werden. Diese gespenstische Gefahr verfolgte mich Tag und Nacht; bei Tag quälten mich grausige Grübeleien, des Nachts war ich dem Wahnsinn nahe. Wenn Dunkelheit sich über die Erde breitete, schreckten mich die Gedanken, und ich bebte – bebte wie die schwankenden Federn auf den Köpfen der Pferde beim Leichenbegängnis. Wenn ich mich nicht mehr wach halten konnte, so kostete es mich einen Kampf, schlafen zu gehen, – denn mir grauste bei dem Gedanken, ich könne mich beim Erwachen im Grabe finden. Und wenn ich schließlich in Schlummer sank, so vermochte ich es nur, um sogleich in einem Meer von Phantasien zu versinken, das überschattet wurde von den riesigen, schwarzen Schwingen jenes einen Grabgedankens.

Aus den zahllosen düstern Bildern, die mich in Träumen ängsteten, will ich nur eine einzige Vision berichten. Mir war, als läge ich in einer Erstarrung, die tiefer war und länger dauerte als je vorher. Da plötzlich legte sich eine eisige Hand auf meine Stirn, und eine ungeduldige Stimme rasselte mir ins Ohr: »Steh auf!«

Ich saß aufrecht. Es war völlig finster. Ich konnte die Gestalt nicht sehen, die mich geweckt hatte. Ich konnte mich weder erinnern, wann dieser Anfall mich erfasst hatte noch wo ich mich überhaupt befand. Ich harrte regungslos und mühte mich, meine Gedanken zu sammeln, aber die kalte Faust packte mich wild am Handgelenk und schüttelte mich, und die rasselnde Stimme sagte von neuem:

»Steh auf! Gebot ich dir nicht, aufzustehen?«

»Wer bist du?« fragte ich.

»Ich habe keinen Namen dort, wo ich hause,« erwiderte die Stimme klagend; »ich war sterblich und bin doch Dämon. Ich war unbarmherzig und bin mitleidig. Du fühlst, dass ich schaudere. Meine Zähne klappern – aber nicht, weil die Nacht so frostig ist – die endlose Nacht. Doch dies Grauen, dieser Ekel ist unerträglich! Wie kannst du ruhig schlafen? Ich kann nicht Ruhe finden vor dem Schrei der Todesängste. Diese Seufzer sind mehr, als ich ertragen kann. Steh auf! Komm mit mir hinaus in die Nacht und Lass mich dir die Gräber öffnen. Ist dieser Anblick nicht ein furchtbar Weh? – Sieh!«

Ich blickte; und die unsichtbare Gestalt, die mich noch immer an der Hand hielt, hatte die Gräber der ganzen Menschheit aufgeworfen, und aus einem jeden drang ein schwacher Phosphorschein der Verwesung, so dass ich in den tiefsten Schlund hinabsehen und die eingesargten Leichen in ihrem trauervollen Schlafe mit den Würmern schauen konnte. Aber ach! der wirklichen Schläfer waren es Millionen weniger als der Wachenden; und da war ein Kämpfen und Wehren und eine allgemeine schmerzliche Unruhe; und aus den Tiefen der zahllosen Gruben drang das melancholische Rauschen der Totenhemden; und unter denen, die still zu ruhen schienen, sah ich, dass viele mehr oder weniger die kalte, unbequeme Lage, in der man sie hinabgesenkt, verändert hatten. Und wie ich blickte, sagte die Stimme von neuem: »Ist es nicht – oh, ist es nicht ein schmerzlicher Anblick?« Doch ehe ich die Antwort finden konnte, hatte die Gestalt meine Hand losgelassen, der Phosphorschein erlosch, und die Gräber schlossen sich plötzlich; aus ihrem Innern aber hob sich ein Chaos verzweifelter Schreie, und wieder klang es: »Ist es nicht – o Gott! ist es nicht ein schmerzlicher Anblick?«

Solche Nachtphantasien übten auch auf meine wachen Stunden ihren entsetzlichen Einfluss. Meine Nerven waren völlig zerrüttet, und ich war die Beute ewigen Grauens. Ich wagte mich weder zu Fuß noch zu Pferd aus dem Hause, von dem ich mich nicht mehr entfernen wollte, um stets in der Nähe derer zu sein, die meine Neigung zu kataleptischen Anfällen kannten; hätte es sich andernfalls nicht ereignen können, dass ich begraben wurde, ehe mein wahrer Zustand festgestellt werden konnte? Ich fürchtete, ein Anfall von außergewöhnlich langer Dauer könne sie an meinem Wiedererwachen zweifeln lassen. Ich ging sogar so weit, zu argwöhnen, man werde sich freuen, in einem besonders hartnäckigen Anfall willkommene

Gelegenheit zu finden, sich meiner zu entledigen. Vergebens versuchten sie mich mit feierlichen Versprechungen zu beruhigen. Ich nahm ihnen die heiligsten Schwüre ab, mich unter keinen Umständen eher zu begraben, als bis die Verwesung so weit fortgeschritten wäre, dass ein längeres Lagern unmöglich sei; und selbst dann noch wollte meine tödliche Angst keiner Vernunft gehorchen, keinen Trost annehmen. Ich traf eine Reihe mühsamer Vorsichtsmaßregeln. Unter anderem ließ ich die Familiengruft so umbauen, dass sie von innen leicht geöffnet werden konnte. Der leiseste Druck auf einen langen Hebel, der tief in die Grabkammer hineinreichte, ließ die eisernen Tore auffliegen. Auch traf ich Vorsorge, dass Luft und Licht freien Zutritt hatten und dass dicht bei dem Sarge, der mich aufnehmen sollte, Gefäße für Speise und Trank bereitstanden. Der Sarg selbst war weich und warm gefüttert und mit einem Deckel versehen, der nach Art der Grufttür eingerichtet war, nur dass hier schon die leiseste Körperbewegung genügte, um den Deckel zu lüften. Überdies hing von der Decke der Grabkammer eine große Glocke herab, deren Seil durch ein Loch im Sarge hineingeführt und an der Hand der Leiche befestigt werden sollte. Aber ach! Was vermag alle Vorsicht gegen das Schicksal. Selbst diese wohlbedachten Maßregeln vermochten nicht, einen Unglücklichen, der dazu voraus bestimmt worden war, vor den unerhörten Schrecken des Lebendigbegrabenwerdens zu bewahren!

Es kam eine Zeit, da ich – wie schon so oft – aus völliger Bewusstlosigkeit zum ersten schwachen Daseinsgefühl wieder erwachte. Langsam – schneckenlangsam – dämmerte meiner Seele der Tag. Träge Unbehaglichkeit; dumpfes Schmerzgefühl; keine Sorgen – kein Hoffen – kein Wollen. Dann, nach langer Pause, Ohrensausen; dann, nach noch längerer Pause, ein stechendes, prickelndes Gefühl in den Gliedern. Dann eine ewiglange Zeit frohen Behagens, während das erwachende Bewusstsein nach Gedanken ringt; dann ein kurzes Zurücksinken ins Nichts; dann wieder plötzliches Erholen. Endlich leises Erbeben der Augenlider und gleich darauf ein Schreck wie ein elektrischer Schlag, tödlich und endlos, der das Blut von den Schläfen zum Herzen peitscht. Und nun der erste positive Versuch, zu denken. Und nun der Versuch, sich zu erinnern. Und nun habe ich das Gedächtnis so weit zurückerlangt, dass ich mir in gewissem Grade von meinem Zustand Rechenschaft geben kann. Ich fühle, dass es nicht ein gewöhnlicher Schlaf ist, aus dem ich erwache. Ich entsinne mich, einen kataleptischen Anfall gehabt zu haben. Und nun überflutet meine schaudernde Seele wie ein rasendes Meer die eine grausige Angst – der eine gespenstische und herrschende Gedanke.

Minutenlang, nachdem diese Vorstellung mich erfasst, verblieb ich regungslos. Und warum? Ich konnte den Mut nicht finden, mich zu rühren. Ich wagte nicht, die Bewegung zu machen, die mir mein Schicksal offenbart hätte, und dennoch flüsterte eine Stimme in meinem Herzen: »Es ist so!« Verzweiflung – wie keine andere Lage sie schaffen kann – Verzweiflung veranlasste mich nach langer Unentschlossenheit, die schweren Augenlider zu heben. Es war finster – ganz finster. Ich wusste, der Anfall war vorüber. Ich wusste, die Krisis meiner Krankheit war lange vorbei. Ich wusste, dass ich jetzt den vollen Gebrauch meines Gesichtssinnes wiedererlangt hatte – und dennoch war es finster – ganz finster – die tiefe Dunkelheit ewiger Nacht.

Ich versuchte zu schreien, und meine Lippen und meine verdorrte Zunge mühten sich vereint und krampfhaft – aber keine Stimme entrang sich den hohlen Lungen, die, wie von Bergeslast bedrückt, bei jedem mühevollen Atemzug gemeinsam mit dem Herzen grausam aufzuckten.

Die Bewegung der Kinnbacken bei der Anstrengung des Rufenwollens zeigte mir, dass sie von Kinn zu Kopf mit einem Tuch umwunden waren, wie das bei Leichen zu geschehen pflegt. Auch fühlte ich, dass ich auf etwas Hartem lag, und auch meine Seiten wurden von etwas Hartem eingeengt. Bis jetzt hatte ich nicht gewagt, ein Glied zu rühren – nun aber warf ich heftig die Arme empor, die bisher mit gekreuzten Händen dalagen. Sie berührten eine feste Holzmasse, die sich über meinem Körper in einer Höhe von kaum sechs Zoll hinzog. Ich konnte nicht länger zweifeln, dass ich im Sarg lag.

Und nun, inmitten all meines namenlosen Elends, nahte sich mir der süße Engel der Hoffnung – denn ich dachte an meine Vorsichtsmaßregeln. Ich rührte mich und machte krankhafte Versuche, den Deckel aufzuzwängen; er bewegte sich nicht. Ich suchte an meinen Handgelenken nach der Glockenschnur; sie war nicht zu finden. Und nun entfloh der Tröster für immer, und eine noch tiefere Verzweiflung gewann die Oberhand. Ich bemerkte, dass die von mir gewünschte Polsterung fehlte, und in meine Nase stieg der eigenartig herbe Geruch feuchter Erde. Die Schlußfolgerung war unumgänglich: Ich befand mich nicht in der Gruft. Ich war während einer Abwesenheit von Hause – unter Fremden – von einem Anfall ergriffen worden; an ein Wann oder Wie wusste ich mich nicht zu entsinnen. Und diese Fremden hatten mich begraben wie einen Hund – in irgendeinen Sarg gesteckt, den sie vernagelt und tief, tief und für immer in ein gewöhnliches und namenloses Grab gesenkt hatten.

Als diese gräßliche Überzeugung sich im geheimsten Fach meiner Seele gebildet hatte, versuchte ich von neuem, laut aufzuschreien; und dieser zweite Versuch gelang. Ein langer, wilder und anhaltender Schrei, ein Todesgellen, echote durch die Reiche der unterirdischen Nacht. »Hallo, hallo, was gibt's?« gab eine rauhe Stimme Antwort. »Was zum Teufel ist denn los?« sagte eine zweite. »Heraus mit Euch!« sagte eine dritte. »Was soll das heißen, dass Ihr losheult wie ein Kettenhund?« sagte eine vierte. Und hierauf ward ich ergriffen und minutenlang unsanft von einer Gruppe wüstblickender Gesellen geschüttelt. Sie holten mich nicht etwa aus dem Schlaf – denn ich war hellwach, als ich schrie – aber sie setzten mich wieder in den Besitz meines Gedächtnisses.

Dieses Abenteuer ereignete sich in der Nähe von Richmond in Virginia. In Begleitung eines Freundes hatte ich eine Jagdexpedition an den Ufern des James-Flusses unternommen. Die Nacht kam, und ein Sturm überraschte uns. Die Kabine einer kleinen Schaluppe, die im Strom vor Anker lag und mit Gartenerde geladen war, bot uns den einzigen Schutz. Wir behalfen uns also, so gut es ging, und verbrachten die Nacht an Bord. Ich schlief in einer der zwei einzigen Kojen, die das Schiff aufzuweisen hatte – und die Kojen einer Schaluppe von sechzig bis siebzig Tonnen sind in ihrer Kleinheit kaum zu beschreiben. Die meinige hatte überhaupt kein Lager. Ihre größte Breite betrug achtzehn Zoll. Die Entfernung vom Boden zum Dach war genau dieselbe. Es wurde mir sehr schwer, mich hineinzuzwängen. Trotzdem schlief ich fest, und meine ganze Vision – denn es war kein Traum und kein Alp – entsprang natürlich den eigentümlichen Umständen meiner Lage, meinem gewohnten Gedankengang und der erwähnten Schwierigkeit, unter der ich litt, meine Sinne zu sammeln, besonders nach langem Schlaf das Gedächtnis wiederzuerlangen. Die Männer, die mich schüttelten, waren die Bemannung des Schiffes und ein paar Ladearbeiter. Von der Last selbst rührte der Erdgeruch her. Das Tuch um die Kinnladen war ein seidenes Taschentuch, das ich mir in Ermangelung meiner gewohnten Nachtmütze um den Kopf geschlungen hatte.

Die erduldeten Martern aber waren unzweifelhaft jenen des Lebendigbegrabenseins völlig gleich. Sie waren schrecklich – sie waren unsagbar grauenhaft. Doch der schlimme Umstand hatte eine günstige Folge. Meine Seele bekam Ruhe und Haltung. Ich ging auf Reisen. Ich unterwarf mich körperlichen Anstrengungen. Ich atmete freie Himmelsluft.

Ich dachte an andere Dinge als Tod. Ich entfernte meine medizinischen Bücher. »Buchan« verbrannte ich. Ich las keine »Nachtgedanken«, keine bombastischen Kirchhofsmärchen und Schauergeschichten – wie diese hier. Binnen kurzem wurde ich ein neuer Mensch und führte ein männliches Leben. Seit jener denkwürdigen Nacht verlor ich für immer meine Todesgedanken, und mit ihnen verschwanden meine kataleptischen Zustände, von denen sie vielleicht weniger die Folge als die Ursache gewesen waren.

Es gibt Augenblicke, wo selbst dem klugen Auge der Vernunft die Welt unseres traurigen Menschendaseins als Hölle erscheint; aber die Phantasie des Menschen vermag ihre ewigen Grüfte nicht ungestraft zu durchstreifen! Weh! Die grausigen Legionen der Grabesschrecken sind keine Hirngespinste; doch gleich den Dämonen, in deren Gesellschaft Afrasiab den Oxus hinabschiffte, müssen sie schlafen, oder sie verschlingen uns – muss man sie schlummern lassen, oder wir gehen zugrunde.

Wassergrube und Pendel

> *Impis tortorum longas hic turba furores*
> *Sanguinis innocui, non satiata, aluit.*
> *Sospite nunc patria, fracto nunc funeris antro,*
> *Mors ubi dira fuit, vita salusque patent.*
> Inschrift für ein Markttor, das für den Platz des
> Jakobiner-Hauses in Paris bestimmt war.

Ich war krank – erschöpft und todkrank infolge der langen Todesangst –, und als man mir die Fesseln löste und mir erlaubte niederzusitzen, fühlte ich, dass mir die Sinne schwanden. Das Urteil, das entsetzliche Todesurteil war der letzte Ausspruch, den meine Ohren deutlich vernahmen. Hiernach schmolzen die Stimmen der Richter in ein traumhaftes, ununterbrochenes Summen zusammen, das in meiner Seele die Vorstellung eines Kreislaufs erweckte – vielleicht weil es an das Sausen eines Mühlrades erinnerte. Das dauerte nur kurze Zeit, denn bald hörte ich nichts mehr. Doch sah ich noch eine Zeitlang – aber in welch seltsamer, schrecklicher Verzerrtheit erschien mir alles! Ich sah die Lippen der schwarzgekleideten Richter. Sie erschienen mir weiß – weißer als das Blatt, auf das ich diese Worte schreibe – und dünn bis zur Groteske; dünn und grausam fest geschlossen, dünn in unbeweglicher Härte, in strenger Verachtung aller Menschenleiden. Ich sah, dass Aussprüche, die mein Schicksal bedeuteten, noch immer über diese Lippen kamen, sah, wie sie sich im Sprechen des Todesurteils verzerrten. Ich sah sie die Silben meines Namens bilden, und ich schauderte, weil kein Laut zu hören war. Ich sah auch für ein paar Augenblicke wahnsinnigen Schreckens das leise, kaum wahrnehmbare Schwanken der schwarzen Stoffe, mit denen die Wände des Gemachs bekleidet waren; und dann fiel mein Blick auf die sieben hohen Kerzen auf dem Tisch. Zuerst blickten sie mitleidig drein und glichen schlanken weißen Engeln, die mich retten würden. Doch dann – ganz plötzlich – wurde mein Geist todmüde, jeder Nerv in mir erbebte, als hätte ich den Draht einer galvanischen Batterie berührt; die Engelsgestalten wurden gleichgültige Gespenster, deren Kopf eine Flamme war, und ich sah, dass von ihnen keine Hilfe kommen konnte. Und dann stahl sich in meine Seele gleich einem vollen tröstenden Akkord der Gedanke, wie köstlich die Ruhe im Grabe sein müsse. Der Gedanke kam sanft und verstohlen, und es dauerte lange, bis er in voller Klarheit vor mir stand; doch gerade, als mein Geist ihn ganz begriff, ihn gleichsam innig fühlte, verschwanden wie durch Zauberschlag die Richter vor meinen Blicken; die hohen Kerzen versanken ins Nichts, ihre Flammen loschen aus; schwarze Finsternis siegte; alle Empfindungen gingen unter in einem tollen, rasenden Sturz – als falle die Seele in den Hades. Dann war meine Welt nur Schweigen und Stille und Nacht.

Ich lag in Ohnmacht, doch kann ich nicht sagen, dass mein Bewusstsein geschwunden war. Wieviel davon noch blieb, versuche ich nicht zu enträtseln oder zu beschreiben; doch war nicht alles geschwunden. Im tiefsten Schlummer – nein! im Delirium – nein! in Ohnmacht und Betäubung – nein! im Tode – nein! selbst im Grabe ist nicht alles Bewusstsein geschwunden. Sonst gäbe es keine Unsterblichkeit. Aus dem tiefsten Schlummer erwachend, zerreißen wir das Spinngewebe eines Traumes; aber eine Sekunde später so zart ist das Gewebe oft – wissen wir schon nicht mehr, dass wir geträumt. Bei dem Erwachen aus einer Ohnmacht gibt es zwei Stadien: zuerst das Gefühl geistigen oder seelischen – dann das Bewusstsein körperlichen Daseins. Es ist wahrscheinlich, dass wir, falls es uns gelänge, im zweiten Zustand die Eindrücke des ersten zurückzurufen, diese Eindrücke voll fänden von Erinnerungen aus dem Abgrund des Jenseits. Und dieser Abgrund ist – was? Wie sollen wir seine Schatten von denen des Grabes unterscheiden? Wenn nun aber die Eindrücke dessen, was ich den ersten Zustand nannte, nicht willkürlich hervorgerufen werden können, kommen sie nicht – nach langer Pause oft – ungerufen und uns befremdend? Wer nie in Ohnmacht lag, der gehört nicht zu denen, die oft in der Kohlenglut seltsame Paläste und merkwürdig bekannte Gesichter erschauen; gehört nicht zu denen, die in der Luft düstere Visionen erblicken, die der Menge verborgen bleiben; gehört nicht zu denen, die über den Duft einer neuen Blume tiefsinnig grübeln; gehört nicht zu denen, deren Hirn sich nach dem geheimnisvollen Sinn irgendeiner musikalischen Strophe abmüht, die nie vorher ihre Aufmerksamkeit erregte.

Bei meinen häufigen bewussten Anstrengungen, mich zu erinnern, bei meinen gewaltsamen Mühen, irgendein Merkmal aus dem Zustand scheinbaren Nichtseins, in den meine Seele entglitten, ins klare Bewusstsein herüberzuretten, gab es Augenblicke, in denen ich ein Gelingen träumte; es gab kurze, sehr kurze Momente, in denen ich Erinnerungen heraufbeschwor, die mir in der hellen Vernunft späteren völligen Wachseins als unbedingt jenem Zustand scheinbarer Bewusstlosigkeit entstammend erschienen. Diese Schatten eines Erinnerns reden undeutlich von hohen Gestalten, die mich aufhoben und schweigend abwärts trugen, hinab – hinab – und tiefer hinab, bis ein furchtbares Schwindelgefühl mich erfasste bei dem bloßen Gedanken der Unendlichkeit des Niedergleitens. Sie reden auch von dumpfem Schreckgefühl im Herzen, weil dieses Herz so unnatürlich still war. Dann kommt ein Empfinden völliger Unbewegtheit aller Dinge, als ob die, die mich trugen – ein gespenstischer Zug –

in ihrem Abwärtsdringen die Grenzen des Grenzenlosen überschritten hätten und nun ausruhten von der Mühsal ihres Werks. Hiernach erinnere ich mich an ein flach ausgestrecktes Liegen, an feuchten Dunst; und dann ist alles Wahnsinn – Wahnsinn eines Bewusstseins, das sich mit dem Unfassbaren, dem Verbotenen abmüht.

Ganz plötzlich empfand meine Seele wieder Bewegung und Klang: die stürmischen Schläge des Herzens – und in den Ohren ihren Widerhall. Dann eine Pause, in der alles nichts war. Dann wieder Klang und Bewegung und Gefühl, ein Prickeln durch den ganzen Körper. Dann das bloße Bewusstsein des Daseins, ohne jeglichen Gedanken – ein Zustand, der lange dauerte. Dann, ganz plötzlich, das Denken und schaudernder Schrecken und ernstliches Mühen, meine wahre Lage zu erfassen. Dann ein gieriges Verlangen, in Fühllosigkeit zurückzusinken. Dann ein hastiges Neuerwachen der Seele und ein erfolgreicher Versuch zur Bewegung. Und nun ein volles Erinnern an das Verhör, an die Richter, an die düsteren Wandbehänge, an den Urteilsspruch, an die Ohnmacht. Dann völliges Vergessen alles Folgenden: alles dessen, was ein späterer Tag und eifriges Bemühen mir unklar wieder ins Gedächtnis rief.

Bis dahin hatte ich die Augen nicht geöffnet. Ich fühlte, dass ich ungefesselt auf dem Rücken lag. Ich streckte die Hand aus, und sie fiel schwer auf etwas Feuchtes und Hartes. Da ließ ich sie viele Minuten liegen, während ich versuchte, mir vorzustellen, wo und was ich wohl sei. Ich hätte gern die Augen geöffnet, aber ich wagte es nicht. Ich fürchtete den ersten Blick auf meine Umgebung. Es war nicht Furcht, etwas Entsetzliches zu erblicken, sondern das Grauen, nichts zu sehen. Endlich, mit wilder Verzweiflung im Herzen, öffnete ich schnell die Augen. Meine schlimmsten Ahnungen bestätigten sich. Schwarze, ewige Nacht umgab mich. Die Dichtigkeit der Finsternis lastete auf mir und ließ mich erstarren. Die Luft war unerträglich dumpf. Ich lag immer noch still und strengte mich an, meine Vernunft in Gang zu bringen. Ich rief mir den Verlauf der Gerichtsverhandlung ins Gedächtnis zurück und versuchte von da aus meine jetzige Lage abzuleiten. Das Urteil war gesprochen, und es schien mir, als sei seitdem eine lange Zeit vergangen. Dennoch nahm ich keinen Augenblick an, dass ich tot sei. Solch ein Vorstellung ist, was auch darüber geschrieben sein mag, völlig unvereinbar mit dem wirklichen Leben. Doch wo und in welcher Verfassung war ich? Ich wusste, die zum Tode Verurteilten endeten in einem Autodafé, und ein solches war in der Nacht, die meiner Verurteilung folgte, abgehalten worden. War ich in den Kerker geführt worden, um die nächste Hinopferung abzuwarten, die erst in einigen Monaten stattfinden würde? Das konnte nicht sein. Es war geradezu ein Mangel an Opfern gewesen. Auch entsann ich mich, dass mein Kerker, wie alle Gefängniszellen in Toledo, einen Steinboden hatte und nicht ganz ohne Lichtzutritt war.

Ein fürchterlicher Gedanke trieb plötzlich mein Blut in Wogen zum Herzen, und für kurze Zeit sank ich von neuem in Bewusstlosigkeit. Als ich mich erholt hatte, sprang ich sofort auf die Füße; jeder Nerv in mir zuckte. Ich streckte die Arme in die Höhe und rundum nach allen Seiten. Ich fühlte nichts und fürchtete dennoch, einen Schritt zu machen, aus Angst, an die Mauern eines Grabes zu stoßen. Der Angstschweiß brach mir aus allen Poren und stand in großen kalten Tropfen auf meiner Stirne.

Die Angst der Ungewissheit wurde schließlich unerträglich, und ich bewegte mich vorsichtig mit ausgebreiteten Armen vorwärts; meine Augen drangen fast aus ihren Höhlen; so gierig hoffte ich, einen schwachen Lichtstrahl zu erhaschen. Ich machte viele Schritte vorwärts, doch noch immer war alles Finsternis und Leere. Ich atmete freier. Es war offenbar, dass meiner wenigstens nicht das scheußlichste Geschick harrte.

Und nun, während ich mich vorsichtig weiter tastete, drängten sich tausend unbestimmte Gerüchte über die Schrecken von Toledo meinem Gedächtnis auf. Seltsame Geschichten waren über die Kerker in Umlauf – unwahr hatte ich sie immer genannt – aber sie waren furchtbar und so grausig, dass man nur im Flüstertone davon reden konnte. Hatte man mich für den Hungertod in dieser ewigen unterirdischen Nacht bestimmt; oder welches vielleicht noch gräßlichere Schicksal erwartete mich? Dass das Ende Tod sein würde, und zwar ein Tod von mehr als gewöhnlicher Bitternis, schien mir, der ich den Charakter meiner Richter kannte, gewiss. Die Art und die Stunde des Sterbens waren das einzige, was mich noch beschäftigte und beunruhigte.

Meine ausgestreckten Hände fanden endlich ein festes Hemmnis. Es war eine Mauer – sehr glatt, schlüpfrig und kalt. Ich folgte ihr mit all der misstrauischen Vorsicht, die gewisse Berichte uralter Begebenheiten in mir erweckt hatten. Dieses Vorgehen brachte mir aber keinen Aufschluss über den Umfang meines Kerkers; denn ich konnte, ohne es zu wissen, seinen ganzen Umkreis umschritten haben und wieder am Ausgangspunkt angelangt sein – so glatt und gleichmäßig schien die Mauer. Ich suchte daher nach dem Messer, das sich in meiner Tasche befunden hatte, als man mich in das Untersuchungszimmer geführt; es war fort. Man hatte meine Kleider gegen eine Umhüllung aus grober Wolle vertauscht. Ich hatte beabsichtigt, die Klinge in irgendeinen feinen Spalt des Mauerwerks zu stoßen, um so einen Ausgangspunkt festzustellen. Dies war übrigens nicht so schwierig, als es mir anfangs in meiner Sinnesverwirrung erschien. Ich riss ein Stückchen von meinem Kleidersaum und legte den Fetzen in voller Länge rechtwinklig zur Mauer auf den Boden. Wenn ich meinen Weg rund um mein Gefängnis machte, musste ich selbstredend bei Vollendung des Umkreises wieder auf den Fetzen stoßen. So dachte ich wenigstens. Aber ich hatte weder mit der

Ausdehnung des Kerkers noch mit meiner eigenen Schwäche gerechnet. Der Boden war feucht und schlüpfrig. Ich war eine Zeitlang vorwärts getappt, als ich strauchelte und fiel. Meine ungeheure Müdigkeit zwang mich, ausgestreckt liegen zu bleiben, und bald befiel mich in dieser Lage der Schlaf.

Als ich erwachte und den Arm ausstreckte, fand ich neben mir ein Stück Brot und einen Krug Wasser. Ich war zu erschöpft, um über diesen Umstand nachzudenken; sofort aß und trank ich gierig. Bald darauf vollendete ich meinen Rundgang in dem Gefängnis und kam nach vieler Mühe wieder bei dem Wollfetzen an. Bis zu dem Augenblick, da ich hinfiel, hatte ich zweiundfünfzig Schritte gezählt, und als ich nun meinen Gang fortsetzte, zählte ich achtundvierzig, bis ich bei meinem Zeichen wieder ankam. Das ergab zusammen hundert Schritt, und indem ich je zwei Schritt als einen Meter rechnete, schloss ich, dass mein Kerker einen Umfang von fünfzig Meter habe. Doch ich hatte eine Menge Winkel in der Mauer gefunden und konnte mir daher keine Vorstellung über die Form der Gruft bilden – denn eine Gruft war es nach meinem Dafürhalten.

Ich fand wenig Sinn – jedenfalls keine Hoffnung – in diesen Nachforschungen, aber eine unbestimmte Neugier veranlasste mich, sie fortzusetzen. Ich verließ die Wand und beschloss, den Raum zu durchqueren. Zuerst ging ich mit äußerster Vorsicht voran, denn obgleich der Boden anscheinend aus festem Material war, war er doch äußerst schlüpfrig. Endlich aber fasste ich Mut und zögerte nicht, sicher auszuschreiten, wobei ich mich bemühte, in möglichst gerader Linie hinüber zu gelangen. Auf diese Weise war ich zehn oder zwölf Schritt vorwärts gekommen, als der zerrissene Saum meines Gewandes sich in meinen Füßen verfing. Ich trat darauf und fiel mit voller Gewalt vornüber zu Boden.

In der ersten Verwirrung bemerkte ich nicht sogleich einen befremdenden Umstand, der jetzt, ein paar Sekunden später und während ich noch ausgestreckt da lag, meine Aufmerksamkeit erregte. Es war folgendes: Mein Kinn ruhte auf dem Boden des Kerkers, meine Lippen aber und der obere Teil des Kopfes, die meinem Gefühl nach tiefer lagen als das Kinn, berührten nichts. Gleichzeitig schien meine Stirn in klebrigen Dämpfen zu baden, und der unverkennbare Geruch verwesender Schwämme drang mir in die Nase. Ich streckte den Arm aus und schauderte, als ich fand, dass ich genau am Rande einer kreisrunden Schachtöffnung hingefallen war, deren Umkreis festzustellen natürlich gegenwärtig nicht in meiner Macht lag. Es gelang mir, von dem feuchten Mauerrand ein Steinchen loszubröckeln; ich ließ es in den Abgrund fallen. Viele Sekunden lang horchte ich dem Widerhall, den sein Anschlagen an die Seitenwände verursachte; endlich hörte ich ein dumpfes Aufklatschen in Wasser, dem ein vielfältiges Echo folgte. Im selben Augenblick ertönte ein Geräusch wie das rasche Öffnen und Wiederzuschlagen einer Tür mir zu Häupten, während ein schwacher Lichtschimmer durch das Dunkel huschte und ebenso schnell wieder verschwand.

Ich erkannte, welches Los man mir zugedacht hatte, und beglückwünschte mich zu dem rechtzeitigen Unfall, der mich rettete. Noch einen Schritt weiter vor meinem Sturz – und die Welt hätte mich nicht wiedergesehen! Die Form der Urteilsvollstreckung, der ich soeben durch einen Zufall entronnen war, entsprach ganz den mir bekannten Berichten über die Inquisition, die ich jedoch stets als Erfindung und alberne Übertreibung angesehen hatte. Ihren Opfern blieb nur die Wahl zwischen Sterben unter entsetzlichen Körperqualen und Sterben unter unerhörten Geistesschrecken. Mich hatte man für letztere aufbewahrt. Durch lange Leiden waren meine Nerven so zerrüttet, dass ich beim Klang meiner eigenen Stimme erbebte und in jeder Hinsicht ein geeignetes Objekt für die auserlesenen Martern geworden war, die man mir zugedacht.

An allen Gliedern zitternd tastete ich meinen Weg zur Mauer zurück. Ich war entschlossen, lieber dort zu sterben, als mich in die Schrecken der Grube zu wagen; meine Phantasie malte sich jetzt aus, dass ihrer viele hier im Raum verteilt seien. In anderer Seelenverfassung hätte ich vielleicht den Mut gehabt, mein Elend durch einen Sprung in solch einen Abgrund zu enden, jetzt aber war ich der Feigste der Feigen. Auch konnte ich nicht vergessen, was ich über diese Brunnen gelesen: dass das sofortige Auslöschen des Lebens keineswegs in der Absicht derer lag, die diese entsetzlichen Wassergruben angelegt hatten.

Die Seelenaufregung hielt mich viele lange Stunden wach. Schließlich aber schlief ich wieder ein. Als ich erwachte, fand ich wie vorher ein Stück Brot und einen Krug voll Wasser neben mir. Brennender Durst erfasste mich, und ich leerte das Gefäß auf einen Zug. Dem Wasser musste ein Schlafmittel beigemengt sein, denn kaum hatte ich es getrunken, als mich unwiderstehliche Schlafsucht befiel. Ich sank in tiefen Schlummer, in eine Art Todesschlummer. Wie lange er währte, weiß ich natürlich nicht, als ich aber wieder die Augen öffnete, waren die Dinge um mich her sichtbar. Ein seltsamer schwefliger Glanz, dessen Ursprung ich zunächst nicht feststellen konnte, gestattete mir, den Umfang und das Aussehen meines Kerkers wahrzunehmen.

In seiner Größe hatte ich mich gewaltig geirrt. Die ganze Mauerrundung umfasste nicht mehr als fünfundzwanzig Meter. Minutenlang verursachte mir diese Tatsache eine Welt von überflüssiger Beunruhigung; wirklich ganz überflüssig, denn was war unter den Schrecken, die mich umgaben, bedeutungsloser als der Umfang meiner Zelle? Doch meine Seele nahm ein merkwürdiges Interesse an Kleinigkeiten, und ich plagte mich sehr, den Irrtum aufzudecken, der mich zu so falscher Messung veranlasst hatte. Endlich fand ich die Ursache. Bei meinem ersten Versuch zur Erforschung des

Raumes hatte ich bis zu meinem Hinfallen zweiundfünfzig Schritt gezählt; ich musste damals nur noch zwei oder drei Schritt von dem Wollstreifen entfernt gewesen sein und also den Umkreis beinahe vollendet gehabt haben. Dann schlief ich ein, und nach dem Erwachen muss ich meine Schritte rückwärts gelenkt haben, das heißt ich durchmaß nochmals die vorher bereits zurückgelegte Strecke und berechnete so den Umfang doppelt so groß, als er tatsächlich war. Meine Geistesverwirrung war schuld, dass es mir nicht auffiel, dass ich bei Beginn des Rundgangs die Mauer links, bei der Fortsetzung dagegen rechts gehabt hatte.

Auch über die Form des Gefängnisses hatte ich mich getäuscht. Beim Abtasten der Mauer hatte ich viele Winkel gefunden und so den Eindruck großer Unregelmäßigkeit erhalten – so sehr kann völlige Dunkelheit jenen täuschen, der aus Ohnmacht oder Schlaf erwacht! Die Winkel waren nichts als leichte Vertiefungen, die der Zahn der Zeit in unregelmäßigen Zwischenräumen in die Mauer gefressen hatte. Die Grundform des Gefängnisses war ein Viereck. Was ich zuerst für Steinmauern gehalten, schien nur jetzt Eisen oder sonst ein Metall zu sein, dessen große Platten da, wo sie aneinandergenietet waren, die leichten Vertiefungen bildeten. Die ganze Fläche dieser erzenen Wände war mit groben Zeichnungen bemalt, mit all den abscheulichen und abstoßenden Darstellungen, wie der Aberglaube der Mönche sie erfunden. Drohende Teufelsfratzen auf Totenskeletten und andere noch viel gräßlichere Gestalten bedeckten und verunzierten die Wände. Ich stellte fest, dass die Umrisse dieser Ungeheuerlichkeiten ziemlich klar, die Farben dagegen, anscheinend infolge der Einwirkung einer feuchten Atmosphäre, verblichen und fleckig waren. Ich betrachtete nun auch den Fußboden, der von Stein war. In seiner Mitte gähnte das runde Brunnenloch, dessen Schlund ich entronnen; es war indes nur dieses einzige im Kerker.

Nur undeutlich und mit vieler Mühe konnte ich dies alles erblicken, denn während meines Schlafes hatte sich meine Lage sehr verändert. Ich lag jetzt lang ausgestreckt auf einer Art niedrigem Holzrahmen. Ich lag auf dem Rücken und war mit einem langen Riemen, der einem Sattelgurt glich, an das Holz festgebunden. Der Riemen war mir vielemal um Leib und Glieder geschlungen und ließ nur dem Kopf und dem linken Arm so viel Bewegungsfreiheit, dass ich mich mit vieler Anstrengung aus einer irdenen Schüssel am Boden mit Nahrung versehen konnte. Ich sah zu meinem Entsetzen, dass man den Krug fortgenommen hatte; ich sage: zu meinem Entsetzen, denn ich war von unerträglichem Durst geplagt. Diesen Durst zu erwecken, schien in der Absicht meiner Peiniger zu liegen, denn das mir gebotene Mahl bestand aus scharfgewürztem Fleisch.

Aufwärts blickend betrachtete ich die Decke meines Gefängnisses. Sie war etwa dreißig bis vierzig Fuß hoch und aus demselben Material wie die Seitenwände. Auf einem der Deckenfelder erregte eine sonderbare Figur meine Aufmerksamkeit. Es war eine gemalte Gestalt der Zeit, so wie sie gewöhnlich dargestellt wird, nur dass sie anstatt der Sichel etwas in Händen hielt, was ich auf den ersten Blick als ein gemaltes Pendel ansah, dergleichen man oft auf alten Uhren findet. Dennoch war da etwas in der Erscheinung des Instruments, was mich veranlasste, es aufmerksamer zu betrachten. Während ich nun senkrecht hinaufstarrte – denn es befand sich genau über mir – bildete ich mir ein, dass es sich bewege. Eine Minute später bestätigte sich meine Einbildung. Seine Schwingungen waren kurz und selbstredend langsam. Ich beobachtete es einige Minuten etwas ängstlich, doch vor allem verwundert. Schließlich ermüdeten mich aber die langsamen Bewegungen, und ich wandte meine Blicke anderen Dingen zu.

Ein leises Geräusch erregte meine Aufmerksamkeit; ich sah auf den Boden und gewahrte mehrere riesenhafte Ratten.

Sie waren aus dem Brunnen gekommen, der rechter Hand gerade meinen Blicken sichtbar war. Noch während ich hinstarrte, kamen sie scharenweise und hastig herauf, und ihre Augen suchten gierig nach dem Fleisch, das sie gerochen. Es bedurfte vieler Mühe und Aufmerksamkeit, sie von der Schüssel fernzuhalten.

Es mochte eine halbe Stunde vergangen sein, vielleicht sogar eine ganze Stunde – denn ich konnte die Zeit nur unvollkommen berechnen –, als ich meine Augen wieder aufwärts wandte. Was ich nun sah, verwunderte und entsetzte mich. Die Schwingungen des Pendels hatten an Ausdehnung fast um einen Meter zugenommen. Als natürliche Folge war auch die Schnelligkeit viel größer; was mich aber hauptsächlich beunruhigte, war die Tatsache, dass es sich merklich herabgesenkt hatte. Ich bemerkte jetzt mit namenlosem Schrecken, dass sein unterer Teil in einem Halbmond aus blitzendem Stahl bestand, der von einem Horn zum andern etwa einen Fuß maß; die Hörner waren nach oben gerichtet, und die untere Kante schien scharf wie ein Rasiermesser. Das Pendel schien auch so massiv und schwer wie ein solches, denn es verdickte sich nach oben zusehends. Es hing an einem dicken Messingstab, und das Ganze zischte beim Durchschneiden der Luft.

Ich konnte nicht länger zweifeln, welche neue Todesmarter die in Grausamkeiten so erfinderischen Mönche für mich ausgewählt hatten. Es war den Knechten der Inquisition nicht entgangen, dass ich den Brunnen entdeckt hatte – den Brunnen, dessen Schrecken für mich verstockten Ketzer bestimmt gewesen – den Brunnen, diesen Höllenpfuhl, von dem das Gerücht ging, dass er das schlimmste aller ihrer Marterinstrumente sei. Dem Sturz in den Brunnen war ich durch einen bloßen Zufall entronnen, und ich wusste, dass zum Wesen dieser schauerlichen Kerkertode eine Geißelung durch immer wieder neue Schrecken gehörte. Da ich dem Sturz entgangen war, hatten meine Henker, die mich nicht etwa gewaltsam hinabstürzen würden, von jenem teuflischen Plane Abstand genommen, und es erwartete mich also eine andere, mildere Todesart. Milder! Ich musste trotz meines Grauens über diese Bezeichnung lächeln.

Was nützt es, die langen, langen Stunden übermenschlichen Entsetzens zu schildern, in denen ich die sausenden Schwingungen des scharfen Stahles zählte! Zoll um Zoll – Linie um Linie – mit einer allmählichen Senkung, die nur in großen Zwischenräumen, die mir wie Jahre schienen, zu bemerken war – kam es herab und immer tiefer herab! Tage vergingen – es können viele Tage gewesen sein – ehe es so dicht über mich hinfegte, dass mich sein heißer Atem fächelte. Der Geruch des scharfen Stahls drang mir in die Nase. Ich betete – ich beschwor den Himmel, ein schnelleres Ende zu machen. Ich wurde toll und rasend und strengte mich an, soviel ich konnte, um mich dem Schwung der fürchterlichen Schneide entgegenzuheben. Und dann wurde ich plötzlich ruhig und lag und lächelte auf zu dem glitzernden Tod, wie ein Kind wohl ein seltsames Spielzeug anlächelt.

Wieder befiel mich Bewusstlosigkeit; sie dauerte nicht lange, denn als ich wieder zu mir kam, war keine wesentliche Senkung des Pendels zu bemerken. Sie konnte allerdings trotzdem lange gedauert haben, denn ich wusste, dass die Teufel mich beobachteten und die Schwingungen nach Willkür gehemmt haben konnten. Nach meinem Wiedererwachen fühlte ich mich – o! unaussprechlich schwach und elend, als hätte ich lange gehungert. Selbst inmitten solcher Todesqualen verlangte die Natur ihre Rechte. Mit schmerzvoller Anstrengung streckte ich den linken Arm aus, so weit es meine Fesseln erlaubten, und ergriff den kleinen Rest der Speise, den mir die Ratten noch übrig gelassen hatten. Als ich ein Stückchen in den Mund schob, durchzuckte es mich wie eine Ahnung von Freude – von Hoffnung. Dennoch, welchen Grund hatte ich zur Hoffnung? Es war, wie ich sagte, nur eine Ahnung, ein halber Gedanke, wie er den Menschen manchmal überkommt, aber ich fühlte auch, dass sich dies Empfinden zu keinem klaren Begriff formen ließ. Vergebens mühte ich mich darum; langes Leiden hatte meine Geisteskräfte untergraben. Ich war ein Dummkopf, ein Idiot.

Die Schwingungen des Pendels liefen rechtwinklig zu meiner Körperlage. Ich sah, dass der Halbmond bestimmt war, mir quer durchs Herz zu schneiden. Er würde den Stoff meines Kleides schlitzen; er würde zurückschwingen und den Schnitt wiederholen – wieder und wieder. Ungeachtet seiner schrecklich weiten Schwingung (einige dreißig Fuß oder mehr) und der pfeifenden Gewalt im Niedersausen, die wohl sogar diese Eisenwände zu durchschneiden vermochte, würde das Pendel doch minutenlang nur meine Kleider schlitzen; und bei diesem Gedanken hielt ich inne. Ich wagte nicht weiter zu denken. Ich prüfte ihn mit hartnäckiger Aufmerksamkeit – als ob ich bei dem Verweilen gerade hier den Stahl aufhalten könnte. Ich zwang mich, mir den Ton auszumalen, mit dem der Halbmond das Gewand durchschneiden würde – das eigentümlich fröstelnde Empfinden, das das Zerschneiden von Stoff auf unsere Nerven auszuüben pflegt. Ich grübelte über alle diese Kleinigkeiten, bis meine Zähne klapperten.

Nieder – langsam und stetig kroch es nieder! Ich fand ein wahnsinniges Vergnügen darin, die Schnelligkeit der Schwingungen nach oben und nach unten miteinander zu vergleichen. Nach rechts – nach links – auf und ab – mit dem Kreischen einer verdammten Seele! Los auf mein Herz mit dem schleichenden Schritt des Tigers! Ich lachte und heulte abwechselnd, je nachdem die eine oder andere Vorstellung in mir die Oberhand gewann.

Nieder – nieder ohne Erbarmen! Nur noch drei Zoll über meiner Brust sauste es dahin. Ich mühte mich wild – rasend – um meinen linken Arm ganz frei zu bekommen; er war nur vom Ellbogen bis zur Hand frei. Letztere konnte ich mit großer Anstrengung vom Teller neben mir zum Munde führen, weiter aber nicht. Hätte ich die Gurte über dem Ellbogen sprengen können, so würde ich das Pendel erfasst und versucht haben, es zum Stehen zu bringen. Gerade so gut hätte ich versuchen können, eine Lawine aufzuhalten!

Nieder – unaufhaltsam – unerbittlich nieder! Der Atem versagte mir, und ein Krampf schüttelte mich bei jeder Schwingung. Meine Augen folgten der Aufwärtsbewegung mit dem Eifer sinnlosester Verzweiflung; sie schlossen sich krampfhaft beim Niedersausen, obgleich Tod eine unaussprechliche Erlösung gewesen wäre. Und dennoch erbebte ich in jedem Nerv bei dem Gedanken, welch eines geringen Sinkens der Maschinerie es noch bedurfte, um den scharfen, gleißenden Stahl durch meine Brust zu treiben. Es war Hoffnung, die meine Nerven erschauern – meinen Körper zusammenzucken ließ. Es war Hoffnung – Hoffnung, die über die Foltern triumphierte – die selbst den zum Tode Verurteilten in den Kerkern der Inquisition von neuem Leben raunt.

Ich sah, dass weitere zehn oder zwölf Schwingungen den Stahl nun tatsächlich in Berührung mit meinen Kleidern bringen würden, und bei dieser Beobachtung überkam meinen Geist ganz plötzlich die klare, gesammelte Ruhe der Verzweiflung. Zum ersten Male seit vielen Stunden oder vielleicht Tagen dachte ich. Ich gewahrte jetzt, dass die Riemen oder Gurte, die mich umschlangen, aus einem einzigen Stück bestanden. Ich war nirgends mit einem besonderen Seile festgebunden. Der erste Schnitt des rasiermesserscharfen Halbmonds würde also meine gesamten Fesseln derart lösen, dass ich sie mit Hilfe meiner linken Hand abwinden konnte. Doch wie gefahrvoll war in diesem Fall die Schärfe des Stahls! Die Folge des geringsten Aufbäumens war der Tod. War übrigens anzunehmen, dass meine Marterknechte jene Möglichkeit nicht vorausgesehen und ihr vorgebeugt hatten? War es wahrscheinlich, dass die Fesseln gerade an der

Stelle meine Brust kreuzten, die das Pendel berühren würde? Besorgt, meine schwache und, wie es schien, letzte Hoffnung zerstört zu sehen, hob ich den Kopf so hoch, dass ich meine Brust deutlich überblicken konnte. Die Gurte umwanden Glieder und Körper nach allen Richtungen – nur nicht in der Schnittbahn des zerstörenden Pendels!

Kaum war mein Kopf in seine frühere Lage zurückgesunken, als in meiner Seele etwas aufleuchtete, was ich nicht anders bezeichnen kann, als dass ich es die zweite Hälfte jenes vorerwähnten Gedankens an Befreiung nenne, der mir damals, als ich die Speise an die Lippen führte, nur unklar vorgeschwebt. Jetzt hatte sich der ganze Gedanke klar geformt – zaghaft, unsicher, kaum fassbar – aber dennoch klar und ganz. Ich begann sofort mit der Willenskraft der Verzweiflung an seine Ausführung zu gehen.

Seit vielen Stunden wimmelten die Ratten um den niedrigen Holzrahmen, auf dem ich lag. Sie waren wild, frech, zudringlich, ihre roten Augen glühten mich an, als warteten sie nur darauf, dass ich mich nicht mehr rührte, um über mich herzufallen. An welche Nahrung, dachte ich, mochten sie im Brunnenloch gewöhnt gewesen sein?

Trotz aller meiner Anstrengungen, sie davon abzuhalten, hatten sie den Inhalt meines Speisenapfes bis auf einen geringen Rest aufgezehrt. Ich hatte die Hand unausgesetzt über dem Napf hin und her geschwenkt, und schließlich hatte die unbewusste Gleichmäßigkeit der Bewegung diese ihrer Wirkung beraubt. In seiner Habgier hatte das Ungeziefer häufig seine scharfen Zähne in meine Finger geschlagen. Mit den Stückchen des fettigen und stark gewürzten Fleisches, das mir noch geblieben, rieb ich nun die Gurte überall da ein, wo sie mir erreichbar waren; dann zog ich die Hand zurück und lag atemlos still.

Zuerst waren die raubgierigen Tiere darüber, dass die Bewegung der Hand aufgehört hatte, verblüfft und erschreckt.

Sie flohen in Scharen zurück; viele eilten zum Brunnen. Doch nur für einen Augenblick. Ich hatte nicht umsonst auf ihre Gefräßigkeit gerechnet. Als sie bemerkten, dass ich regungslos verharrte, sprangen ein oder zwei der kühnsten auf den Holzrahmen und schnüffelten an den Gurten. Dies schien das Signal zu einem allgemeinen Sturm. Aus dem Brunnen ergoß es sich in neuen Schwärmen. Sie klammerten sich ans Holz, stürzten darüber her und sprangen zu Hunderten auf mich herauf. Das gleichmäßige Schwingen des Pendels störte sie nicht im mindesten. Seinen Streichen ausweichend, befassten sie sich mit den eingefetteten Gurten; sie stürmten mich, sie ergossen sich auf mich in immer neuen Scharen; sie krochen über meinen Hals; ihre kalten Lippen suchten die meinen; der immer zunehmende Druck erstickte mich fast. Ein Ekel, für den es keine Worte gibt, hob meine Brust und legte sich wie eisige Klammern um mein Herz. Doch ich fühlte: noch eine Minute – und der Kampf war zu Ende! Deutlich empfand ich, wie sich die Fesseln lockerten. Ich wusste, dass sie an mehr als einer Stelle schon zernagt sein mussten. Mit übermenschlicher Willenskraft lag ich still.

Ich hatte mich in meiner Berechnung nicht geirrt, ich hatte nicht umsonst ausgehalten. Ich fühlte endlich, dass ich frei war. Die Gurte hingen in Fetzen um meinen Leib. Aber das schwingende Pendel berührte schon meine Brust. Es hatte den Stoff meines Kleides geschlitzt. Es hatte das Hemd durchschnitten. Zwei weitere Schwingungen machte es, und ein stechender Schmerz zuckte mir durch alle Nerven. Aber der Augenblick der Befreiung war gekommen. Auf einen schnellen Wink mit der Hand jagten meine Befreier entsetzt von dannen. Ruhig und vorsichtig, mich seitwärts zusammenkrümmend, entglitt ich langsam den umschlingenden Bändern und dem Bereich der stählernen Schneide. Für den Augenblick wenigstens war ich frei.

Frei! – Und in den Klauen der Inquisition! Ich war kaum von meinem hölzernen Marterbett auf den Steinboden der Zelle getreten, als die Bewegung der Höllenmaschine aufhörte und ich gewahrte, wie sie von irgendeiner unsichtbaren Kraft zur Decke emporgezogen wurde. Das war eine Lehre, die mir verzweifelt zu Herzen ging. Jede meiner Bewegungen wurde offenbar überwacht. Frei! – Ich war nur einer Todesart entgangen, um nun vielleicht Schlimmeres als Tod zu finden. Bei diesem Gedanken prüften meine angstvollen Blicke die Eisenwände, die mich einschlossen. Irgend etwas Ungewöhnliches – eine Veränderung, die ich zunächst nicht genau feststellen konnte – hatte unverkennbar hier stattgefunden. Viele Minuten lang quälte ich mich in tiefer Versonnenheit mit vergeblichen Vermutungen. In dieser Zeit gewahrte ich zum erstenmal die Quelle des schwefligen Scheines, der meine Zelle erhellte. Er drang aus einem Spalt von etwa eines halben Zolles Breite, der am Boden der Kerkerwände um den ganzen Raum lief und so Wände und Fußboden völlig trennte. Ich versuchte natürlich vergeblich, durch diese Fuge hinunterzuspähen.

Als ich mich nach diesem Versuch wieder erhob, begriff ich auf einmal die geheimnisvolle Veränderung des Raumes. Ich erwähnte schon, dass die Konturen der auf den Wänden befindlichen Darstellungen deutlich hervortraten, dass aber die Farben verblasst und unklar schienen. Diese Farben erstrahlten jetzt von Augenblick zu Augenblick in immer stärker werdendem Glanze, der den gespenstischen Teufelsfratzen ein Aussehen gab, das auch stärkere Nerven als meine angegriffen haben dürfte. Seltsam gespensterhafte Augen glotzten mich von tausend Seiten an – Augen, die vorher gar nicht dagewesen waren – und glühten im schauerlichen Glänze eines Feuers, das hinter den Wänden flammen musste, so sehr ich mir auch einzureden suchte, es bestände nur in meiner Einbildung.

Einbildung! Bei jedem Atemzug drang in meine Nase der Dunst von glühendem Eisen. Ein erstickender Geruch beherrschte den ganzen Raum. Immer tiefer erglühten die tausend Augen, die meines Todeskampfes harrten. Ein satteres Karmin ergoß sich über die blutigen Gemälde. Ich keuchte. Ich rang nach Atem. An der Absicht meiner Peiniger war nicht zu zweifeln – o erbarmungslose, o satanische Menschen! Ich flüchtete vor dem glühenden Metall in die Mitte der Zelle. Gegenüber der Vernichtung durch das Feuer, die meiner wartete, erschien mir der Gedanke an die Kühle des Brunnens wie lindernder Balsam. Ich eilte an seinen gefahrvollen Rand; ich spähte gespannt hinunter. Der Glutschein von der glühenden Decke erleuchtete seine verborgensten Winkel. Dennoch – eine verzweifelte Minute lang – sträubte sich mein Geist, den Sinn dessen zu erfassen, was ich da unten sah. Doch endlich zwang – wand es sich in meine Seele – brannte es sich ein in meinen schaudernden Verstand. O entsetzliches Begreifen! O wortloser Ekel! – O Grauen über alles Maß! – »Alle andern Schrecken, nur nicht diese!« ächzte ich und stürzte schreiend vom Brunnenrande fort; ich vergrub das Gesicht in die Hände und weinte bitterlich.

Die Hitze nahm rasch zu, und wiederum hob ich den Blick, halb wahnsinnig, zur Decke. Eine neue Veränderung hatte sich vollzogen – eine Veränderung in der Form der Zelle. Wie vorher war es vergeblich, dass ich mich bemühte, den Vorgang zu begreifen und einzusehen, was damit beabsichtigt war. Doch nicht lange ließ man mich in Zweifel. Zweimal war ich dem Tode entronnen, die Rachsucht der Inquisitoren war aufs äußerste angestachelt, man zögerte nicht, mich nun gewaltsam mit dem König der Schrecken bekannt zu machen. Der Raum war quadratisch gewesen. Jetzt sah ich, dass zwei seiner Eisenecken spitzwinklig, die andern folglich stumpfwinklig geworden waren. Die schreckliche Veränderung ging mit leisem Knarren immer weiter vorwärts. Einen

Augenblick später hatte der Raum die Gestalt eines schiefen Vierecks. Aber die Bewegung hielt hier nicht inne – ich hoffte und wünschte dies nicht einmal. Ich hätte die rotglühenden Wände an meine Brust ziehen mögen wie ein Gewand ewiger Ruhe. »Tod!« sagte ich. »Willkommen jeder Tod, nur nicht der im Brunnen!« Narr, der ich war! Musste ich nicht wissen, dass es der einzige Zweck des brennenden Eisens war, mich in den Brunnen zu drängen? Konnte ich denn der Glut Widerstand leisten? Und wenn ich es gekonnt – musste ich nicht seiner pressenden Kraft nachgeben? Und jetzt – enger und immer enger schob sich das Viereck zusammen mit einer Schnelligkeit, die mir keine Zeit zum Überlegen ließ. Seine Mitte und also auch sein weitester Raum bildete sich genau über dem gähnenden Abgrund. Ich wich zurück – aber die schließenden Wände pressten mich Schritt um Schritt vorwärts. Endlich gab es für meinen wunden, zuckenden Körper keinen Zoll Raum mehr auf dem festen Boden. Ich kämpfte nicht länger, aber die Todesangst meiner Seele schrie auf in einem einzigen, langen, lauten, verzweifelten Schrei. Ich fühlte, wie ich auf dem Brunnenrande wankte – ich wandte die Augen ab –

Ein verworrenes Geräusch wie von Menschenstimmen! Ein lauter Ton wie gewaltiger Trompetenstoß! Ein Dröhnen und Krachen wie tausendfacher Donner! Die feurigen Wände wichen zurück! Ein Arm packte den meinigen, als ich ohnmächtig in den Abgrund zu fallen drohte. Es war der Arm des Generals Lasalle. Die französische Armee war in Toledo eingezogen. Die Inquisition befand sich in den Händen ihrer Feinde.

Der Doppelmord in der Rue Morgue

> *Was für ein Lied die Sirenen sangen oder unter welchem Namen Achilles sich unter den Weibern versteckte, das sind allerdings verblüffende Fragen – deren Lösung jedoch nicht außerhalb des Bereichs der Möglichkeit liegt.*
>
> Sir Thomas Browne

Die eigentümlichen geistigen Eigenschaften, die man analytische zu nennen pflegt, sind ihrer Natur nach der Analyse schwer zugänglich. Wir würdigen sie nur nach ihren Wirkungen. Was wir unter andern Dingen von ihnen wissen, das ist, dass sie demjenigen, der sie in ungewöhnlich hohem Grade besitzt, eine Quelle höchster Genüsse sind. Wie der starke Mann sich seiner körperlichen Kraft freut und besonderes Vergnügen an allen Übungen findet, die seine Muskeln in Tätigkeit setzen, so erfreut sich der Analytiker jener geistigen Fähigkeit, die das Verworrene zu lösen vermag; auch die trivialsten Beschäftigungen haben Reiz für ihn, sobald sie ihm nur Gelegenheit geben, sein Talent zu entfalten. Er liebt Rätsel, Wortspiele, Hieroglyphen und entwickelt bei ihrer Lösung oft einen Scharfsinn, der den mit dem Durchschnittsverstand begabten Menschenkindern unnatürlich erscheint. Obwohl seine Resultate nur das Produkt einer geschickt angewandten Methode sind, machen sie den Eindruck einer Intuition.

Das Auflösungsvermögen wird möglicherweise noch bedeutend durch mathematische Studien erhöht, und zwar besonders durch das Studium jenes höchsten Zweiges der Mathematik, den man nicht ganz richtig und wohl nur wegen seiner rückwärts wirkenden Operationen vorzugsweise Analyse genannt hat. Indessen heißt rechnen noch nicht analysieren. Ein Schachspieler zum Beispiel tut das eine, ohne sich um das andere im mindesten zu kümmern. Es folgt daraus, dass man das Schachspiel in seiner Wirkung auf den Geist meistens sehr falsch beurteilt. Ich beabsichtige hier keineswegs eine gelehrte Abhandlung zu schreiben, sondern will nur eine sehr eigentümliche Geschichte durch einige mir in den Sinn kommende Bemerkungen einleiten; jedenfalls aber möchte ich diese Gelegenheit benutzen, um die Behauptung aufzustellen, dass die höheren Kräfte des denkenden Geistes durch das bescheidene Damespiel viel nutzbringender und lebhafter angeregt werden als durch die mühe- und anspruchsvollen Nichtigkeiten des Schachspiels. Bei letzterem Spiel, in dem die Figuren verschiedene wunderliche Bewegungen von ebenso verschiedenem, veränderlichem Wert ausführen können, wird etwas, was nur sehr kompliziert ist, irrtümlicherweise für etwas sehr Scharfsinniges gehalten. Beim Schachspiel wird vor allem die Aufmerksamkeit stark in Anspruch genommen. Wenn sie auch nur einen Augenblick erlahmt, so übersieht man leicht etwas, das zu Verlust oder Niederlage führt. Da die uns zu Gebote stehenden Züge zahlreich und dabei von ungleichem Wert sind, ist es natürlich sehr leicht möglich, dieses oder jenes zu übersehen; in neun Fällen unter zehn wird der Spieler, der seine Gedanken vollkommen zu konzentrieren versteht, selbst über den geschickteren Gegner den Sieg davontragen. Im Damespiel hingegen, wo es nur eine Art von Zügen mit wenig Veränderungen gibt, ist die Wahrscheinlichkeit eines Versehens geringer, die Aufmerksamkeit wird weniger in Anspruch genommen, und die Vorteile, die ein Partner über den andern erringt, verdankt er seinem größeren Scharfsinn. Stellen wir uns, um weniger abstrakt zu sein, eine Partie auf dem Damebrett vor, deren Steine auf vier Damen herabgeschmolzen sind und wo ein

Versehen natürlich nicht zu erwarten ist. Nehmen wir an, dass die Gegner einander gewachsen sind, so ist es klar, dass der Sieg hier nur durch einen außerordentlich geschickten Zug, der das Resultat einer ungewöhnlichen Geistesanstrengung ist, entschieden werden kann. Wenn der Analytiker sich seiner gewöhnlichen Hilfsquellen beraubt sieht, denkt er sich in den Geist seines Gegners hinein, identifiziert sich mit ihm, und dann gelingt es ihm nicht selten, auf den ersten Blick eine oft verblüffend einfache Methode zu finden, durch die er den andern irreführen oder zu einem unbesonnenen Zug veranlassen kann.

Das Whistspiel ist schon lange berühmt, weil man ihm einen gewissen Einfluss auf das sogenannte Berechnungsvermögen zuschreibt. Tatsache ist, dass die hervorragendsten Männer dieses Spiel ganz besonders bevorzugt haben, während sie das Schachspiel als kleinlich verschmähten. Allgemein anerkannt ist, dass es kein andres Spiel gibt, das die analytischen Fähigkeiten in so hohem Grade in Anspruch nimmt. Der beste Schachspieler der Christenheit ist vielleicht nicht mehr als eben nur der beste Schachspieler; die Tüchtigkeit und Gewandtheit im Whist lassen aber auf einen feinen Kopf schließen, der überall, wo der Geist mit dem Geist kämpft, des Erfolges sicher sein kann. Wenn ich hier von Gewandtheit spreche, so verstehe ich darunter die vollkommene Beherrschung des Spieles, die mit einem Blicke alle Eventualitäten erkennt, aus denen sich ein rechtmäßiger Vorteil ziehen lässt. Es gibt viele und sehr verschiedenartige solcher Hilfsquellen, die es aufzufinden und zu benutzen gilt; indessen erschließen sie sich meistens nur einer höheren Intelligenz und sind Menschen von gewöhnlicher Begabung unzugänglich. Aufmerksam beobachten heißt Gedächtnis haben, sich gewisser Dinge deutlich erinnern können, und insofern wird der Schachspieler, der an die Konzentration seiner Gedanken gewöhnt ist, sich sehr gut zum Whist eignen, vorausgesetzt, dass er die Spielregeln Hoyles – die in allgemeinverständlicher Weise den Mechanismus des Whists erklären – gut innehat. Daher kommt es denn, dass man gewöhnlich glaubt, ein gutes Gedächtnis haben und regelrecht nach dem Buche spielen können, das sei alles, was zu einem feinen Spiele erforderlich sei. Aber die Kunst des Analytikers bewährt sich in solchen Dingen, die außerhalb der Grenzen aller Regel liegen. In aller Stille macht er Beobachtungen, aus denen er seine Schlüsse zieht. Seine Mitspieler tun wahrscheinlich dasselbe; der Unterschied des erlangten Wissens liegt weniger an der Richtigkeit des Schlusses als an dem Wert der Beobachtung. Das Wichtigste ist, sich ganz klar darüber zu sein, was man beobachten muss. Der wirklich feine Spieler hat seine Augen überall, und neben dem Spiel, das natürlich Hauptsache ist, verschmäht er es nicht, Schlüsse aus Dingen zu ziehen, die nur als Äußerlichkeiten erscheinen. So beobachtet er zum Beispiel den Gesichtsausdruck seines Partners und vergleicht ihn sorgfältig mit dem seiner Gegner. Er achtet darauf, wie die Mitspielenden ihre Karten in der Hand ordnen; oft zählt er Trumpf auf Trumpf, Honneurs auf Honneurs an den Blicken nach, mit denen ihre Besitzer sie mustern. Er merkt sich im Verlauf des Spieles jede Veränderung ihres Gesichtsausdruckes und zieht seine Schlüsse aus jedem Wort, aus jeder Triumph, Überraschung oder Ärger verratenden Geste. Aus der Art, wie jemand einen Stich aufnimmt, schließt er darauf, ob der Betreffende noch mehr Stiche in dieser Farbe machen kann. Ebenso erkennt er an der Weise, wie eine Karte auf den Tisch geworfen wird, ob jemand mogelt. Ein zufälliges unbedachtes Wort, das gelegentliche Fallenlassen oder Umwenden einer Karte, die Ängstlichkeit, einen so unbedeutenden Vorgang verbergen zu wollen, oder auch die Gleichgültigkeit dagegen, das Zählen der Stiche und die Art, sie zu ordnen, das verwirrte, zögernde, hastige oder übereifrige Wesen des Spielenden, alles muss ihm zum Erkennungszeichen dienen, das ihm den Stand der Dinge verrät. Er macht dabei den Eindruck, als erkenne er alles kraft einer Intuition. Wenn die ersten zwei oder drei Runden gespielt sind, dann weiß er genau, in welcher Hand die Karten sind, und er spielt seine eignen mit einer so absoluten Sicherheit aus, als ob sämtliche Mitspielenden ihm ihre zeigten.

Indessen darf man das Analysierungsvermögen keineswegs mit der Klugheit verwechseln, denn während der Analytiker unbedingt klug ist, haben doch oft recht kluge Leute nicht das geringste Talent zur Analyse. Die Kombinationsgabe, durch die sich die Klugheit gewöhnlich äußert und der die Phrenologen, wie ich glaube irrtümlich, ein besonderes Organ zugewiesen haben, da sie dieselbe für eine angeborene Fähigkeit halten, ist so häufig bei Menschen, deren Verstand fast an Blödsinn grenzt, wahrgenommen worden, dass die Tatsache die Aufmerksamkeit vieler Gelehrten auf sich gezogen hat. Zwischen Klugheit und analytischer Fähigkeit besteht aber ein Unterschied, der größer ist als der zwischen Phantasie und Einbildungskraft; indessen ist er von streng analogem Charakter. Man kann beinahe mit Sicherheit behaupten, dass die klugen Menschen stets phantasiereich und die mit wirklicher Einbildungskraft begabten stets Analytiker sind. –

Die nachstehende Erzählung möge dem Leser als Kommentar dieser Behauptungen dienen.

1.

Als ich mich im Frühling und während eines Teils des Sommers 18.. in Paris aufhielt, machte ich die Bekanntschaft eines Herrn C. August Dupin. Dieser junge Mann gehörte einer sehr guten, ja sogar berühmten Familie an, die jedoch durch eine Reihe von Schicksalsschlägen in so tiefe Armut geraten war, dass die Energie seines Charakters darunter erlag, so dass er sich ganz von der Welt zurückgezogen hatte und keine Versuche mehr machte, sich in eine bessere Lage emporzuarbeiten. Seine Gläubiger waren so anständig gewesen, ihn im Besitz eines kleinen Restes seines väterlichen Vermögens zu lassen, dessen Zinsen bei äußerster Sparsamkeit zu einem sehr bescheidenen Leben hinreichten, ihm jedoch auch nicht den kleinsten Luxus gestatteten. Bücher waren das einzige, dem er nicht ganz zu entsagen vermochte – und diesen Luxus kann man sich in Paris ohne große Kosten leisten.

Wir begegneten uns zum erstenmal in einem obskuren Buchladen in der Rue Montmartre, wo der Zufall, dass wir beide dasselbe, übrigens sehr seltene und merkwürdige Buch suchten, uns in nähere Beziehung zueinander brachte. Von da an trafen wir uns zuweilen. Ich interessierte mich lebhaft für seine Familiengeschichte, die er mir mit der ganzen Aufrichtigkeit erzählte, in der der Franzose sich gefällt, wenn er von seinem eigenen Ich spricht. Sehr überrascht war ich von seiner ungeheuren Belesenheit, vor allem aber waren es die seltene Frische und Lebendigkeit seiner Phantasie, die mich interessierten und anregten. Da er dieselben Ziele verfolgte, um derentwillen ich mich in Paris aufhielt, fühlte ich, dass die Gesellschaft dieses Mannes für mich von unendlichem Wert sein könnte, und ich machte ihm gegenüber auch kein Hehl daraus. Wir machten also miteinander aus, dass wir, so lange mein Aufenthalt in Paris dauern würde, zusammen wohnen wollten. Da meine Vermögensverhältnisse besser waren als seine, so konnte ich es mir erlauben, für uns auf meine Kosten ein ziemlich vernachlässigtes und wunderlich aussehendes Häuschen zu mieten, das in einem abgelegenen, einsamen Teil des Faubourg St. Germain lag. Irgendeines Aberglaubens wegen, dem wir nicht weiter nachforschten, hatte es schon lange unbewohnt gestanden; ich richtete es in einem Stil ein, der der phantastischen Düsterkeit unserer gewöhnlichen Stimmung entsprach.

Hätte die Welt gewusst, welche Lebensweise wir in diesem Häuschen führten, so würde man uns wahrscheinlich für Wahnsinnige gehalten haben, wenn auch für sehr harmlose. Unsere Abgeschiedenheit war eine vollkommene. Wir nahmen keine Besuche an. Ich hatte meinen früheren Bekannten und Freunden überhaupt nichts von meinem Wohnungswechsel gesagt, und Dupin lebte schon seit vielen Jahren so einsam, dass ihn in Paris niemand mehr kannte. Wir lebten ganz allein für uns.

Es war eine Marotte meines Freundes – denn wie anders sollte ich es nennen? –, dass er in die Nacht um ihrer selbst willen verliebt war; wie alle seine Launen machte ich auch diese mit; ich ließ mich überhaupt ganz von ihm leiten und hieß alle seine bizarren Einfälle gut. Da die Göttin der Nacht nicht immer freiwillig bei uns hausen wollte, erdachten wir Mittel und Wege, uns Ersatz für ihre Gegenwart zu schaffen. Beim ersten Morgengrauen schlossen wir die sämtlichen starken Fensterläden unseres alten Hauses und steckten ein paar duftende Kerzen an, die nur schwache gespensterhafte Strahlen aussandten. Mit ihrer Hilfe wiegten wir die Seele in Träume – wir lasen, schrieben und unterhielten uns, bis die Uhr uns den Anbruch der wirklichen Dunkelheit verkündete. Dann eilten wir in die Straßen, wo wir Arm in Arm umherschlendernd die Gespräche des Tages fortsetzten, und oft streiften wir bis in die tiefe Nacht umher und suchten im grellen Licht und tiefen Schatten der volkreichen Stadt jene Unendlichkeit geistiger Anregung, die stummes Beobachten sich zu verschaffen weiß.

Bei solchen Gelegenheiten konnte ich nicht umhin, immer wieder Dupins eigenartige analytische Begabung zu bemerken und zu bewundern, obwohl mich sein reiches Geistesleben schon darauf vorbereitet hatte. Er schien auch mit großer Freude diese Gabe zu pflegen, wenngleich er niemals damit renommierte, und er gestand mir offen ein, dass sie für ihn eine Quelle manchen Genusses sei. Mit leisem Kichern rühmte er sich zuweilen, dass für ihn die meisten Menschen ein Fensterchen auf der Brust hätten, und er unterstützte derartige Behauptungen auf der Stelle durch geradezu verblüffende Beweise von seiner genauen Kenntnis meines eigenen Seelenlebens. In solchen Augenblicken war er kalt und geistesabwesend, seine Augen starrten ausdruckslos, und seine Stimme, die sonst einen weichen Tenorklang hatte, sprang in hohen Diskant hinauf, der lächerlich gewirkt haben würde, hätte er nicht dabei besonders deutlich und bedächtig gesprochen. Wenn ich ihn in solchen Stimmungen beobachtete, musste ich immer wieder an die alte Philosophie von dem Zweiseelensystem denken, und mich belustigte der Gedanke, einen doppelten Dupin vor mir zu haben – einen schöpferischen und einen zerstörenden.

Es wäre übrigens falsch, wenn man aus dem Gesagten schließen wollte, dass ich ein Geheimnis zu enthüllen oder einen Roman zu schreiben beabsichtige. Die eben geschilderten Eigenschaften des Franzosen waren lediglich Resultate einer überreizten, vielleicht auch einer krankhaften Intelligenz. Ich glaube durch ein Beispiel die beste Vorstellung von dem Charakter der Aussprüche, die er zu solchen Zeiten machte, geben zu können.

Wir schlenderten eines Abends durch eine lange schmutzige Straße in der Nähe des Palais Royal. Da wir beide ganz mit unsern eigenen Gedanken beschäftigt waren, hatten wir schon länger als eine Viertelstunde keine Silbe miteinander gesprochen. Plötzlich brach Dupin ganz unvermittelt in die Worte aus:

»Er ist wirklich ein sehr kleiner Kerl, das ist wahr! Er würde besser für das Varieté passen.«

»Zweifellos«, erwiderte ich unwillkürlich, und ich war so ganz in meine Gedanken vertieft, dass ich im ersten Augenblick nicht merkte, in wie seltsamer Weise seine Worte mit meinem Gedankengang übereinstimmten. Das fiel mir erst einen Augenblick nachher auf, und da war ich allerdings ziemlich verblüfft.

»Dupin«, sagte ich in ernstem Ton, »das geht über mein Verständnis. Ich zögere nicht, Ihnen zu gestehen, dass ich aufs höchste verwundert bin und meinen Sinnen kaum zu trauen vermag. Wie konnten Sie nur wissen, dass ich gerade an…?« Ich hielt inne, um mich zu überzeugen, ob er wirklich den Namen wisse.

»An Chantilly natürlich«, sagte er; »warum halten Sie inne? Sie dachten doch gerade darüber nach, dass seine kleine Gestalt ihn wirklich untauglich zum Tragöden mache.«

Damit hatten meine Gedanken sich wirklich beschäftigt. Chantilly war ein Flickschuster aus der Rue St. Denis, der, von einer wahren Leidenschaft für das Theater ergriffen, es durchgesetzt hatte, in der Rolle des Xerxes in Crébillons gleichnamiger Tragödie aufzutreten, aber natürlich durchgefallen war und für all seine Mühe nur Hohn und Spott geerntet hatte. »Sagen Sie mir um des Himmels willen«, rief ich aus, »nach welcher Methode Sie vorgegangen sind – wenn hier überhaupt von einer Methode die Rede sein kann –, um so in meiner Seele lesen zu können!« Ich war in der Tat noch viel verblüffter, als ich ihm zeigen wollte.

»Es war der Obsthändler«, antwortete mein Freund gelassen, »der den Gedanken in Ihnen anregte, dass der Flickschuster für die Darstellung eines Xerxes und ähnlicher Rollen nicht die nötige Figur habe.«

»Der Obsthändler! Sie setzen mich in Erstaunen! Ich weiß nichts von einem Obsthändler.«

»Ich meine den Mann, der gegen Sie anrannte, als wir in die Rue C. einbogen; es ist kaum eine Viertelstunde her.«

Ich erinnerte mich daran, dass, als wir aus der Rue C. in den Durchgang einbogen, in dem wir uns jetzt befanden, ein Mann, der einen großen Korb mit Äpfeln auf dem Kopf trug, so heftig gegen mich anrannte, dass ich beinahe gefallen wäre. Aber was das mit Chantilly zu tun haben sollte, war mir unerfindlich.

Dupin hatte auch nicht die Spur von Scharlatanerie an sich. »Ich werde Ihnen das erklären«, sagte er einfach, »und damit Sie mich ganz verstehen, wollen wir den Gang Ihrer Gedanken von dem Augenblicke an, wo ich zu Ihnen sprach, bis zu dem, wo der Obsthändler gegen Sie anrannte, zurückverfolgen. Die Hauptglieder dieser Gedankenkette sind folgende: Chantilly, Orion, Dr. Nichols, Epikur, Stereotomie, das Straßenpflaster, der Obsthändler...«

Es gibt wenig Personen, denen es nicht in irgendeiner Periode ihres Lebens Vergnügen gemacht hätte, den Stufengang zurückzuverfolgen, auf dem ihr Geist zu gewissen Schlüssen gelangte. Diese Beschäftigung kann sehr interessant sein; wer es zum ersten Male versucht, ist erstaunt über die scheinbar unendliche Entfernung zwischen dem Ausgangspunkt und dem Endpunkt und über den scheinbaren Mangel jeden Zusammenhangs zwischen beiden. Man denke sich daher mein Erstaunen über das, was der Franzose nun zu mir sagte, da ich zugeben musste, dass er die Wahrheit sprach. Er fuhr fort:

»Wir hatten, wenn ich mich recht erinnere, in der Rue C. von Pferden gesprochen. Das war unser letztes Gesprächsthema. Als wir in diese Straße hier einbogen, kam uns ein Obsthändler mit einem großen Korb auf dem Kopf entgegen; er war sehr in Eile und stieß Sie gegen einen Haufen von Pflastersteinen, die an einer Stelle, wo die Straße ausgebessert werden sollte, aufgeschüttet lagen. Sie traten auf einen lose liegenden Stein, glitten aus und verstauchten sich leicht den Fuß, was Sie zu verstimmen schien, denn Sie murmelten ein paar Worte, blickten ärgerlich auf den Haufen Steine und setzten schweigend Ihren Weg fort. Obwohl ich Ihnen durchaus keine besondere Aufmerksamkeit schenkte, ist mir doch das Beobachten in letzter Zeit zur andern Natur geworden.

Ich bemerkte, dass Sie den Blick zu Boden gesenkt hielten und mit verschlossener Miene die vielen Löcher und Unebenheiten der Straße betrachteten. Ich sah also, dass Sie noch immer an die Steine dachten. Erst als wir die kleine Lamartinegasse erreichten, deren Pflasterung versuchsweise mit fest ineinander greifenden Holzblöcken hergestellt ist, erhellte sich der Ausdruck Ihres Gesichts, und Ihre Lippen murmelten das Wort ›Stereotomie‹, eine etwas anspruchsvolle Bezeichnung für diese einfache Art der Pflasterung. Ich wusste, dass Sie dieses Wort nicht denken konnten, ohne danach an Atome und an die Lehre Epikurs denken zu müssen. Hatten wir uns doch vor nicht langer Zeit über solche Dinge unterhalten, und ich äußerte damals, wie seltsam es sei, dass die vagen Vermutungen dieses tiefsinnigen Griechen durch die neuesten Entdeckungen der Nebel-Kosmogonie eine so glänzende und dennoch so wenig beachtete Bestätigung gefunden hätten. Ich erwartete also jetzt mit Bestimmtheit, dass Sie zu dem großen Nebel des Orion aufblicken würden. Sie taten dies wirklich, und ich war nun meiner Sache sicher und wusste, dass ich Ihren Gedankengang richtig verfolgt hatte. In der abfälligen Kritik, die gestern im ›Musée‹ über Chantilly erschien, machte der Verfasser sich auch über die Namensänderung lustig, die der Flickschuster beim Besteigen des Kothurn für nötig gehalten hatte, und zitierte einen lateinischen Spruch, über den wir oft gesprochen haben: Perdidit antiquum litera prima sonum!

Ich hatte Ihnen gestern gesagt, dass diese Zeile sich auf den Orion, früher Urion genannt, bezöge, und da ich bei dieser Gelegenheit ein paar bissige Bemerkungen gemacht hatte, glaubte ich sicher zu sein, dass Sie sich unserer Unterhaltung erinnern würden. Es war daher gewiss, dass Sie nicht verfehlen würden, die beiden Begriffe Orion und Chantilly miteinander zu verbinden. Dass Sie dies wirklich taten, ersah ich aus dem Lächeln, das um Ihre Lippen spielte. Sie dachten an das tragische Geschick des armen Flickschusters. Bis dahin war Ihre Haltung nachlässig gebückt gewesen, nun sah ich, wie Sie sich plötzlich zu Ihrer vollen Höhe aufrichteten. Ich war ganz sicher, dass Sie an die kleine Gestalt Chantillys dachten. Ich unterbrach Ihren Gedankengang mit der Bemerkung, dass er wirklich ein kleines Kerlchen sei, dieser Chantilly, und dass er besser daran täte, wenn er zum Varieté ginge.« –

Nicht lange danach lasen wir die Abendausgabe der »Gazette des Tribunaux«. Unsere Aufmerksamkeit wurde durch folgende Stelle gefesselt:

Sensationeller Mord. – Heute morgen gegen drei Uhr wurden die Bewohner des Quartiers St. Roch durch entsetzliche Schreie geweckt, die anscheinend aus dem vierten Stockwerk eines Hauses der Rue Morgue drangen, das, wie man wusste, von einer gewissen Madame L'Espanaye und ihrer Tochter Mademoiselle Camille L'Espanaye allein bewohnt wurde. Nach einer Verzögerung, entstanden durch den fruchtlosen Versuch, sich auf gewöhnlichem Wege Einlass zu verschaffen, wurde das Haustor mit einer Eisenstange erbrochen, worauf acht bis zehn Nachbarn in Begleitung zweier Gendarmen in das Haus drangen. Das Geschrei war unterdessen verstummt, aber als die Leute die Treppe hinaufstürzten, vernahmen sie von oben her deutlich den Klang von zwei oder mehr rauhen

Stimmen, die heftig und laut miteinander stritten. Als man den zweiten Treppenabsatz erreicht hatte, hörten auch diese Töne auf, und es wurde plötzlich totenstill. Die eingedrungenen Personen teilten sich in verschiedene Parteien und eilten von einem Zimmer in das andere. Als man endlich ein großes Hinterzimmer des vierten Stockes erreichte (die Tür dieses Zimmers war von innen verschlossen und musste aufgebrochen werden), bot sich ein Anblick dar, der alle Anwesenden mit Grauen und höchster Verwunderung erfüllte.

In dem Zimmer herrschte die wildeste Unordnung; die Möbel waren zertrümmert und lagen überall umher. Das Zimmer enthielt eine Bettstatt, und aus dieser waren sämtliche Kissen herausgerissen und in die Mitte des Zimmers geschleppt worden. Auf einem Stuhl lag ein blutiges Rasiermesser. Auf dem Kamin fand man zwei oder drei lange dicke Strähnen grauen Menschenhaares, die ebenfalls mit Blut besudelt waren und mit den Wurzeln ausgerissen zu sein schienen. Über den Fußboden zerstreut fand man vier Napoleons, einen Topas-Ohrring, drei große silberne Löffel, drei kleinere aus Neusilber, ferner zwei Beutel, die viertausend Franken in Gold enthielten. Aus einem in der Ecke stehenden Schreibtisch waren die Schubfächer herausgezogen und offenbar ausgeplündert worden, obwohl noch viele Gegenstände darin umherlagen. Unter den Bettkissen, nicht unter der Bettstatt, entdeckte man eine kleine eiserne Kassette. Sie war offen, und der Schlüssel steckte in dem Schloss; ihr Inhalt aber bestand nur aus einigen alten Briefen und anderen belanglosen Papieren.

Von Madame L'Espanaye war keine Spur zu entdecken; da man aber den Kamin und den Fußboden davor ganz mit Ruß bedeckt fand, forschte man im Schornstein nach, und man zog – gräßlich, es zu sagen! – den Leichnam der Tochter daraus hervor, der mit dem Kopf nach unten ziemlich hoch in den engen Schornstein hinaufgestopft worden war.

Der Körper war noch ganz warm. Bei der Untersuchung fanden sich zahlreiche Hautabschürfungen, die wahrscheinlich durch die Heftigkeit, mit der der Leichnam in den Schornstein hinaufgestoßen und dann wieder heruntergezogen wurde, verursacht worden waren. Auf dem Gesicht fand man viele schwere Kratzwunden, während sich am Hals schwarze Quetschwunden und der tiefe Eindruck von Fingernägeln vorfanden, die darauf hindeuteten, dass das Mädchen erdrosselt worden war. Nachdem man jeden Winkel des Hauses auf das gründlichste untersucht hatte, ohne jedoch etwas Weiteres zu entdecken, drangen die Leute in einen kleinen gepflasterten Hof, der hinter dem Haus lag. Und hier war es, wo man die Leiche der alten Dame fand. Der Kopf war vom Rumpf abgetrennt und hing nur noch durch ein Stück Haut lose damit zusammen, so dass er abfiel, als man die Leiche aufzuheben versuchte. Der Körper sowohl wie der Kopf waren in unerhörter grauenhaftester Weise verstümmelt, und besonders der erstere sah kaum noch menschenähnlich aus. Trotz aller Bemühungen ist es bis jetzt noch nicht gelungen, den Schlüssel zu diesem entsetzlichen Geheimnis zu finden.« – Tags darauf brachte dieselbe Zeitung noch einige weitere Einzelheiten über den grauenhaften Fall:

»Die Tragödie in der Rue Morgue. Viele Personen sind schon in dieser außergewöhnlichen und grauenhaften Sache vernommen worden, doch fand sich nicht das Geringste, was Licht in die dunkle Angelegenheit gebracht hätte. Wir geben hier die Aussagen der vernommenen Zeugen.

Pauline Dubourg, Wäscherin, sagt aus, dass sie die beiden verstorbenen Damen schon seit drei Jahren gekannt habe, da sie während dieser Zeit die Wäsche für sie besorgte. Mutter und Tochter hätten viel aufeinander gehalten und seien stets sehr zärtlich miteinander gewesen. Sie bezahlten alles sofort. Wie und wovon sie gelebt hatten, darüber könne sie nichts sagen. Man munkele, dass Madame L'Espanaye von Beruf

Wahrsagerin gewesen sei. Jedenfalls ginge die Rede, dass sie Geld gehabt habe. Die Zeugin sagte ferner aus, sie sei im Haus niemals jemand begegnet, wenn sie die Wäsche geholt oder zurückgebracht habe. Sie wisse mit Bestimmtheit, dass die Damen keine Dienstboten gehabt hätten. Sie habe angenommen, dass nur der vierte Stock des Hauses möbliert gewesen und dass es sonst ganz unbewohnt gewesen sei.

Peter Moreau, Tabakhändler, sagt aus, dass er seit etwa vier Jahren der Madame L'Espanaye ab und zu kleine Quantitäten Rauch- und Schnupftabak verkauft habe. Er sei in der Nachbarschaft geboren und habe immer in der Rue Morgue gewohnt. Die alte Dame und ihre Tochter hätten schon seit mehr als sechs Jahren ganz allein in dem Hause gewohnt, in dem man ihre Leichen gefunden hatte. Das Haus gehörte Madame L'Espanaye. In früheren Zeiten hatte sie an einen Juwelier vermietet gehabt; der Missbrauch aber, den dieser mit den obern Räumen trieb, indem er sie an alle möglichen Leute in Aftermiete gab, hatte den Unwillen der alten Dame erregt. Sie zog also selbst in das Haus und weigerte sich von da ab hartnäckig, die nicht von ihr bewohnten Räume anderweitig zu vermieten. Der Zeuge meint, Madame L'Espanaye sei etwas kindisch gewesen. Er sagt, dass er die Tochter während der sechs Jahre kaum mehr als fünf- oder sechsmal gesehen habe. Die beiden Frauen hätten ein außerordentlich zurückgezogenes Leben geführt – indessen hätten sie allgemein in dem Ruf gestanden, Geld zu haben. Er hatte auch gehört, dass die Leute in der Nachbarschaft munkelten, Madame L'Espanaye sei eine Wahrsagerin – er habe das aber niemals geglaubt. Er habe nie jemand anders in das Haus treten sehen als Mutter und Tochter, ein- oder zweimal einen Dienstmann und acht- oder zehnmal einen Arzt.

Noch viele andere Personen aus der Nachbarschaft bestätigten diese Aussage. Von irgendeinem regelmäßigen Verkehr in dem Hause konnte überhaupt gar keine Rede sein, man wusste nicht einmal, ob Madame L'Espanaye und ihre, Tochter irgendwelche Verwandten hatten. Die Fensterläden der vorderen Zimmer wurden nur selten geöffnet, die nach dem Hof waren stets geschlossen, mit Ausnahme der Läden eines großen Zimmers in der vierten Etage. Das Haus war gut gebaut und nicht alt.

2.

Isidor Muset, Gendarm, sagt aus, dass man ihn gegen drei Uhr morgens zu dem Hause geholt und dass er dort zwanzig bis dreißig Personen angetroffen habe, die vergebens versuchten, sich Eingang zu verschaffen. Er habe schließlich die Tür erbrochen, und zwar mit einem Bajonett, nicht mit einer Eisenstange. Es sei das nicht sehr schwierig gewesen, da es eine Flügeltür war, die weder oben noch unten ordentlich zugeriegelt gewesen sei. Man habe oben aus dem Hause ein entsetzliches Geschrei gehört, aber in dem Augenblick, als die Tür aufflog, sei plötzlich alles still geworden. Es waren herzzerreißende Angstschreie gewesen, die, wie es schien, von einer oder mehreren Personen in größter Todesangst ausgestoßen wurden. Der Zeuge war den andern voran die Treppe hinaufgegangen. Als er den ersten Treppenabsatz erreicht hatte, vernahm er ganz deutlich zwei Stimmen, die laut und zornig miteinander stritten, die eine war rauh und barsch, während die andere einen ganz sonderbaren schrillen, kreischenden Klang hatte. Er konnte ein paar der von der ersten Stimme gesprochenen Worte verstehen; es war die eines Franzosen; jedenfalls war es keine Frauenstimme, und er unterschied deutlich die Worte ›sacre‹ und ›diable‹. Die schrille Stimme hielt er für die eines Ausländers. Er war sich nicht ganz klar darüber, ob es die Stimme eines Mannes oder einer Frau gewesen sei, auch konnte er nicht bestimmt behaupten, in welcher Sprache sie sich ausgedrückt habe, er meinte jedoch, es sei Spanisch gewesen. Seine Beschreibung von dem Zustand des Zimmers und der Leichen stimmt genau mit unserer gestrigen Beschreibung überein.

Henri Duval, von Beruf Silberschmied, auch ein Nachbar, sagt aus, dass er einer der ersten gewesen war, die in das Haus eingedrungen seien. Seine Aussage stimmt in der Hauptsache ganz mit der Musets überein. Er sagt, nachdem man sich den Eingang erzwungen hatte, habe er rasch die Haustür von innen abgeschlossen, um die nachdrängende Menge abzuhalten, die sich trotz der späten Stunde sehr bald ansammelte. Der Zeuge meint, die schrille Stimme, die auch er vernommen habe, sei die eines Italieners gewesen, bestimmt nicht die eines Franzosen. Es ist ihm nicht ganz sicher, ob es die Stimme eines Mannes war, es könne auch eine weibliche Stimme gewesen sein. Er könne kein Italienisch und hätte daher natürlich kein Wort verstanden, aber nach dem Klang zu schließen, glaube er, dass es wirklich Italienisch gewesen sei. Gewiss, er habe Madame L'Espanaye und auch ihre Tochter gekannt. Er habe sich öfters mit beiden unterhalten. Es sei ganz ausgeschlossen, dass die schrille Stimme einer der beiden Verstorbenen angehört hätte.

Odenheimer, Restaurateur. Dieser Zeuge war nicht geladen, er ist freiwillig erschienen, um sein Zeugnis abzulegen. Er ist Holländer und aus Amsterdam gebürtig. Da er kein Französisch spricht, wurde er durch einen Dolmetscher vernommen. Er kam zufällig an dem Hause vorüber, als darin das entsetzliche Geschrei ertönte; er glaubt, dass es wenigstens zehn Minuten angedauert haben müsse. Es war ein langgezogenes, lautes, jammervolles und grauenhaftes Schreien. Er gehört zu denen, die in das Haus eindrangen. Seine Aussage stimmt durchaus mit der der anderen Zeugen überein – bis auf einen Punkt: Er glaube nämlich mit Sicherheit behaupten zu können, dass die schrille Stimme die eines Mannes, und zwar eines Franzosen gewesen sei. Obgleich er die Worte nicht hatte verstehen können, habe er den Eindruck, als ob die Stimme zugleich angst- und zornerfüllt geklungen habe, sie habe laut, schnell und in abgebrochenen Tönen gesprochen. Die Stimme wäre ihm mehr heiser als schrill erschienen. Eine wirklich schrille Stimme wäre es nicht gewesen. Die andere rauhe Stimme habe wiederholt ›sacré‹, ›diable‹ und einmal ›mon Dieu‹ gesagt.

Jules Mignaud, Bankier und Inhaber der Firma Mignaud & Sohn, Rue Deloraine. Er ist der ältere Mignaud. Er sagt aus: Madame L'Espanaye hatte Vermögen und stand seit dem Frühling 18.. (also seit acht Jahren) in geschäftlicher Verbindung mit seinem Bankhaus. Sie hatte mit der Zeit mehrere kleine Summen bei ihm deponiert, aber nie Kapital zurückgezogen, bis drei Tage vor ihrem Tode, wo sie persönlich die Summe von 4000 Franken erhoben hatte. Die Summe wurde ihr in Gold ausbezahlt, und ein Kommis brachte ihr das Geld ins Haus.

Adolphe Lebon, Kommis bei Mignaud & Sohn, sagt aus, dass er an dem betreffenden Tage gegen Mittag Madame L'Espanaye begleitet habe, um ihr die in zwei Beutel verpackten 4000 Franken nach Hause zu tragen. Als die Tür geöffnet wurde, sei Fräulein L'Espanaye erschienen, und er habe ihr den einen Beutel eingehändigt, während die alte Dame ihm den anderen selbst abgenommen habe. Er habe sich dann verabschiedet und sei gegangen. In der Straße habe er zu dieser Zeit keinen Menschen bemerkt. Die Rue Morgue sei eine Nebenstraße und sehr einsam. William Bird, Schneider, sagt aus, dass er ebenfalls zu denen gehört, die in das Haus gedrungen seien. Er ist Engländer. Er hat zwei Jahre in Paris gelebt. Er war einer der ersten, die die Treppe hinaufstiegen. Er hält die rauhe Stimme für die eines Franzosen. Er hat einige Worten verstanden, kann sich aber nicht aller erinnern. Dass ›sacré‹ und ›mon Dieu‹ gesagt wurde, hat er deutlich verstanden.

Er hat ein Geräusch vernommen, als ob sich mehrere Personen miteinander balgten – darauf ein scharrendes schlürfendes Geräusch. Die schrille Stimme sei sehr laut, lauter als die barsche gewesen. Er sei sicher, dass es nicht die Stimme eines Engländers, viel eher die eines Deutschen gewesen sei, vielleicht könne es auch eine Frauenstimme gewesen sein. Er verstände kein Deutsch. Vier der genannten Zeugen sagten, als sie wieder vorgerufen wurden, übereinstimmend aus, dass die Tür des Zimmers, in dem man die Leiche des Fräulein L'Espanaye gefunden habe, von innen verschlossen gewesen sein. Als man oben ankam, sei plötzlich alles ganz still gewesen – von einem Stöhnen oder sonstigen Geräusch irgendeiner Art war nichts mehr zu hören. Man erbrach die Tür, aber niemand war in dem Zimmer zu sehen. Die Fenster des hinteren wie des vorderen Zimmers seien geschlossen und von innen verriegelt gewesen. Die Verbindungstür zwischen den beiden Zimmern war zu, jedoch nicht verschlossen. Ein kleines, im vierten Stock nach der Straße gelegenes Zimmer am Ende des Korridors stand weit offen. Dieses Zimmer war mit alten Betten, Koffern usw. ganz vollgestopft. Es wurde ausgeräumt und auf das sorgfältigste durchsucht. Es war überhaupt in dem ganzen Haus nicht das kleinste Winkelchen, das man nicht gründlich durchsucht hätte. Man ließ Schornsteinfeger kommen, die die Schornsteine und Kaminröhren kehren mussten. Das Haus hat vier Stockwerke und enthält außerdem noch einige Mansarden. Auf dem Dach befindet sich eine kleine Falltür, die man aber fest vernagelt gefunden hatte und die seit Jahren nicht mehr benutzt zu sein schien. Über die Länge der Zeit von dem Augenblick an, wo man die streitenden Stimmen vernahm, bis zu dem, wo man die Zimmertür aufbrach, schwanken die Aussagen der Zeugen. Einige meinten, es könne sich höchstens um zwei oder drei Minuten handeln, andere behaupteten, es seien wenigstens fünf Minuten gewesen. Es war schwer gewesen, die Tür zu öffnen.

Alfonzo Garcio, Begräbnisbesorger, sagt aus, dass er in der Rue Morgue wohne. Er ist geborener Spanier. Gehört zu den Leuten, die in das Haus eindrangen, ging aber nicht mit die Treppe hinauf. Ist nervenschwach und fürchtete die Folgen der Aufregung. Die streitenden Stimmen hat er jedoch deutlich gehört. Die rauhe Stimme war die eines Franzosen, und er glaubt sich nicht zu irren, wenn er die schrille Stimme für die eines Engländers hält. Zeuge versteht zwar kein Englisch, urteilt aber nach der Aussprache der Worte. Alberto Montani, Konditor, sagt aus, er sei einer der ersten gewesen, die die Treppe hinaufgeeilt wären. Er hat die streitenden Stimmen gehört. Die barsche Stimme sei die eines Franzosen gewesen, Zeuge behauptet, einige Worte verstanden zu haben. Es hätte ihm so geschienen, als ob der Sprecher einem anderen Vorstellungen mache. Von dem, was die schrille Stimme sagte, habe er nichts verstehen können, sie habe schnell und in abgebrochenen Lauten gesprochen. Zeuge meint, dass es die Stimme eines Russen gewesen sei. In allen wesentlichen Punkten stimmt er vollständig mit der Aussage der anderen Zeugen überein. Er ist Italiener. Er hat niemals mit einem geborenen Russen gesprochen. Mehrere wieder aufgerufene Zeugen bestätigen, dass die Kamine aller Zimmer der vierten Etage viel zu eng seien, als dass ein menschliches Wesen dadurch hätte entkommen können. Unter Besen verstände man jene zylinderförmigen Kehrbesen, wie die Schornsteinfeger sie zum Reinigen der Kamine gebrauchen. Man sei mit solchen Besen durch sämtliche Schornsteine des Hauses auf und nieder gefahren. Es gibt in dem Hause keine Hintertreppe oder einen sonstigen Ausweg, durch den sich jemand hätte retten können, während die Zeugen die Treppe hinaufeilten. Der Körper des Fräulein L'Espanaye war so fest in den engen Kamin hineingezwängt, dass es nur den vereinten Kräften von vier oder fünf Männern gelang, ihn wieder herunterzuziehen. –

Paul Dumas, Arzt, sagt aus, dass man ihn gegen drei Uhr gerufen habe, um die Besichtigung der Leichen vorzunehmen. Sie lagen beide auf der Matratze des Bettes, das im Zimmer stand, in dem Fräulein L'Espanaye gefunden worden war. An dem Körper der jungen Dame hatte er viele Quetschwunden und Hautabschürfungen gefunden. Es war dies nur zu erklärlich, wenn man den Umstand in Betracht zog, dass das unglückliche Mädchen mit roher Gewalt in den Schornstein hinaufgezwängt worden war. Der Kehlkopf war vollständig zusammengepresst. Unter dem Kinn befanden sich mehrere tiefe Kratzwunden sowie eine Reihe blauer Flecken, die offenbar von einem heftigen, mit Fingern ausgeübten Druck herrührten. Das Gesicht war gräßlich entstellt, die Augen waren aus ihren Höhlen weit hervorgequollen, die Zunge halb durchgebissen,. Auf der Magengrube wurde eine große Quetschung entdeckt, die anscheinend von dem Drucke eines Knies herrührte. Herr Dumas war der Meinung, dass Fräulein L'Espanaye von einer oder mehreren Personen erwürgt worden sei. Die Leiche der Mutter war ebenfalls in entsetzlicher Weise verstümmelt. Sämtliche Knochen des rechten Beines und des rechten Armes hatte er mehr oder weniger zerschmettert gefunden. Ebenso waren das linke Schienbein und die sämtlichen Rippen der linken Seite zersplittert gewesen. Der ganze Körper war in grauenhafter Weise mit Quetschwunden bedeckt und zeigte blutunterlaufene Stellen; es sei ein ganz entsetzlicher Anblick gewesen. Es wäre unmöglich festzustellen, wie und womit diese schweren Verletzungen herbeigeführt worden seien. Ein schwerer hölzerner Knüttel oder eine Eisenstange, von den Händen eines sehr starken Mannes geschwungen, könnten solche Resultate hervorbringen. Eine Frau würde, mit welcher Waffe es auch sei, niemals so wuchtige Schläge austeilen können. Der Kopf der Toten war, als der Zeuge ihn zu Gesicht bekam, ganz vom Körper getrennt und vollständig zerschmettert gewesen. Offenbar sei der Hals mit einem sehr scharfen Instrument, wahrscheinlich einem Rasiermesser, durchschnitten worden.

Alexander Etienne, Wundarzt, war gleichzeitig mit Herrn Dumas zur Leichenschau gerufen worden. Er bestätigte in allen Punkten das Zeugnis und Gutachten des Herrn Dumas.

Obgleich noch verschiedene andere Personen verhört wurden, ließ sich nichts Weiteres feststellen. Noch nie ist in Paris ein so geheimnisvolles Verbrechen verübt worden, dessen Einzelheiten so unerklärlich sind – man möchte beinahe fragen, ob hier wirklich ein Mord vorliegt? Jedenfalls hat die Polizei bis jetzt auch nicht die kleinste Spur gefunden, die sich verfolgen ließe, und das ist bei derartigen Fällen etwas ganz Ungewöhnliches. Bis zur Stunde fehlt jeder Schlüssel, der dieses furchtbare Rätsel zu lösen vermöchte.« – In der Abendausgabe derselben Zeitung hieß es dann, dass in dem Quartier St. Roch noch immer die höchste Aufregung herrsche, dass der Tatort wieder, und zwar auf das sorgfältigste, untersucht worden sei, dass man noch mehr Personen verhört habe, aber leider ohne das geringste Ergebnis. In einer Nachschrift wurde mitgeteilt, Adolphe Lebon sei verhaftet und in das Untersuchungsgefängnis abgeführt worden, obgleich er durch seine Aussage durchaus nicht belastet erscheine und nichts gegen ihn vorläge. Dupin schien sich für den Verlauf dieser Angelegenheit auf das lebhafteste zu interessieren – wenigstens schloss ich das aus der Art seines Benehmens –, äußerte sich jedoch mit keinem Wort. Erst nachdem die Zeitung die Nachricht von der Verhaftung Lebons brachte, fragte er mich, was ich von dieser geheimnisvollen Angelegenheit dächte.

Ich stimmte mit der Meinung von ganz Paris überein, dass die Affäre in ein undurchdringliches Dunkel gehüllt sei und dass man bis jetzt auch nicht die kleinste Hoffnung hätte, die Spur der Mörder aufzudecken.

»Was das betrifft«, sagte Dupin, »so dürfen wir uns keinesfalls mit dem Resultate dieser immerhin nur oberflächlichen Untersuchung begnügen. Die Pariser Polizei, die ihres Scharfsinns wegen so sehr gerühmt wird, ist schlau – sonst aber auch nichts. Ihrem Vorgehen liegt keine andere Methode zugrunde als die, die ihr der Augenblick eingibt. Die von ihr angewandten Mittel, auf die sie sehr stolz ist, entsprechen dem Zwecke jedoch oft so wenig, dass man dabei unwillkürlich an die Anekdote von Herrn Jourdain erinnert wird: ›*qui demandait sa robe de chambre pour mieux entendre la musique.*‹[1] Man muss zugeben, dass sie trotzdem zuweilen ganz überraschende Resultate erzielt, aber sie verdankt sie wirklich nur ihrem Fleiß und ihrer Rührigkeit. Da, wo diese Eigenschaften nicht ausreichen, hat sie eben keinen Erfolg. Vidocq zum Beispiel war ein Mann, der geschickt im Kombinieren und Erraten, dabei von großer Ausdauer war. Da aber sein Denken nicht die nötige Schulung hatte, machte er viele Fehler, und zwar hauptsächlich durch die zu große Intensität seiner Nachforschungen. Er verlor die Übersicht dadurch, dass er die Dinge zu sehr aus der Nähe betrachtete. Einzelne Punkte erkannte er freilich mit ungewöhnlicher Klarheit, aber naturgemäß verlor er darüber den Überblick über das Ganze. Ein Beweis dafür, dass es nicht taugt, allzu tiefsinnig zu sein. Die Wahrheit ist keineswegs immer in einem Brunnen versteckt. Ich glaube vielmehr, dass sie, soweit wichtigere Dinge in Frage kommen, meist auf der Oberfläche liegt. Die Wahrheit liegt nicht in den tiefen Tälern, wo wir sie suchen, sie liegt auf der Höhe der Berge, wo wir sie finden. Die Beobachtung der Himmelskörper versinnbildlicht uns in ausgezeichneter Weise Art und Ursprung jenes Irrtums. Wenn man einen Stern ganz flüchtig oder schielend anblickt, so dass man ihm nur die äußeren Teile der Netzhaut zuwendet,

---

1   Der nach seinem Schlafrock rief – um die Musik besser hören zu können

die für schwache Lichteindrücke empfänglicher sind als die inneren, so sieht man den Stern in seinem vollen Glanz ganz deutlich; je länger und schärfer wir ihn aber anschauen, je intensiver wir unseren Blick darauf richten, um so mehr wird sein Glanz verblassen. In letzterem Falle konzentrieren sich ja tatsächlich mehr Strahlen auf dem Auge, aber im ersteren besitzt dieses eine feinere, man möchte sagen, geistigere Aufnahmefähigkeit. Durch zu große Gründlichkeit verwirren wir unseren Geist und schwächen die Kraft der Gedanken ab. Ist es doch sogar möglich, selbst die strahlende Venus vom Firmament schwinden zu sehen, wenn man zu lange und zu scharf darauf hinblickt. –

Was nun diese Mordtat betrifft, so wollen wir lieber zuerst die Sache selbst näher untersuchen, ehe wir uns ein Urteil darüber bilden. Ich verspreche mir viel Spaß davon. (Ich fand diesen Ausdruck nicht eben glücklich gewählt, sagte aber nichts.) Außerdem hat Lebon mir einmal einen Dienst erwiesen, für den ich mich dankbar zeigen möchte. Wir wollen zunächst den Tatort mit unseren eigenen Augen untersuchen. Ich kenne den Polizeipräfekten Herrn G. – und ich glaube kaum, dass es mir schwerfallen wird, die nötige Erlaubnis zu erhalten.«

Er erhielt die Erlaubnis sofort, und wir begaben uns ohne weiteren Verzug nach der Rue Morgue. Es ist dies eine jener elenden Querstraßen, die die Rue Richelieu mit der Rue St. Roch verbinden. Es war schon etwas spät am Nachmittag, als wir unser Ziel erreichten, da dieser Stadtteil ziemlich weit von unserer Wohnung entfernt liegt. Das Haus fanden wir sofort; es war immer noch von vielen Menschen umlagert, die mit zweckloser Neugierde von der entgegengesetzten Seite der engen Straße auf die geschlossenen Fensterläden gafften. Es war ein gewöhnliches Pariser Haus mit einem Torweg, an dessen einer Seite ein Schiebefensterchen angebracht war, hinter dem sich ein Portierstübchen befand. Ehe wir jedoch eintraten, gingen wir die Straße hinauf und bogen in ein kleines Gäßchen ein, dann wandten wir uns noch einmal seitwärts und kamen so an der Rückseite des betreffenden Hauses vorbei. Dupin prüfte nicht nur das Haus, sondern auch die ganze Nachbarschaft, und zwar mit einer peinlichen Aufmerksamkeit, deren Grund mir nicht recht einleuchten wollte.

Wir gingen dann wieder zurück und kamen bald in der Rue Morgue und vor der Front des Hauses an. Wir klingelten und wurden, nachdem wir unsern Erlaubnisschein vorgezeigt hatten, von dem Wache haltenden Polizeibeamten eingelassen. Wir gingen die Treppe hinauf und zuerst in das Zimmer, in dem man die Leiche von Fräulein L'Espanaye gefunden hatte und wo auch jetzt die beiden Toten lagen. In dem Zimmer herrschte immer noch ein wildes Durcheinander, da, wie das bei solchen Fällen stets geschieht, der Tatort unverändert erhalten werden musste. Ich sah nichts anderes, als was die »Gazette des Tribunaux« mitgeteilt hatte. Dupin untersuchte alles sorgfältig – sogar die Leichen der beiden Frauen. Dann gingen wir in die anderen Zimmer und in den Hof, während uns ein Gendarm überallhin begleitete. Die Untersuchung nahm uns bis zum Eintritt der Dämmerung in Anspruch, dann gingen wir. Auf unserem Heimweg trat mein Begleiter für einige Augenblicke in die Expedition eines der Tagesblätter ein. Ich habe bereits erzählt, dass mein Freund die seltsamsten Einfälle und Grillen hatte und dass ich mich ihnen fügte. Es gefiel ihm plötzlich, das Thema der Mordtat mit keinem Wort mehr zu berühren, und erst am Mittag des darauffolgenden Tages rückte er ganz unvermittelt mit der Frage heraus, ob mir denn auf dem Schauplatz gar nichts Absonderliches aufgefallen sei.

In der Art, mit der er das Wort »Absonderliches« betonte, lag etwas, das mich unwillkürlich schaudern machte, ohne dass ich wusste weshalb.

»Nein«, sagte ich, »nichts Absonderliches, jedenfalls nichts anderes, als was auch in der Gerichtszeitung gestanden hat.« »Die Gerichtszeitung«, antwortete er, »ist auf das ungewöhnlich Grauenhafte dieser Affäre nicht genügend eingegangen. Aber sehen wir ganz von dem Berichte dieses Blattes ab. Mir scheint, als ob das für unlösbar gehaltene Geheimnis durchaus nicht unergründlich ist. Ich will damit sagen, dass gerade der outrierte Charakter aller Einzelheiten dieser furchtbaren Begebenheit nur ein kleines und deutlich begrenztes Feld von Vermutungen zulässt. Die Polizei steht ratlos und verwirrt vor einem Verbrechen, dessen Motive vielleicht weniger unbegreiflich sind als die wilde Scheußlichkeit, mit der die Mordtaten ausgeführt worden sind. Ebensowenig kann sie es begreifen, dass die Aussage so vieler Zeugen feststellt, in dem Zimmer, in dem Fräulein L'Espanaye ermordet gefunden wurde, habe ein aufgeregter Wortwechsel stattgefunden, während doch, als man eindrang, niemand darin war und ganz unmöglich jemand über die Treppe hätte entkommen können, ohne von den hinaufeilenden Leuten bemerkt zu werden. Die in dem Zimmer herrschende wilde Unordnung, die mit dem Kopf nach unten in den engen Schornstein hinauf gepresste Leiche, die entsetzlichen Verstümmelungen an dem Körper der alten Dame sowie noch einige weitere Tatsachen, die ich nicht zu erwähnen brauche, haben genügt, um die Tatkraft der Polizei zu lähmen und ihren so viel gerühmten Scharfsinn irrezuführen. Die Polizei ist eben in den häufig vorkommenden, aber groben Irrtum verfallen, das Ungewöhnliche mit dem Unerforschlichscheinenden zu verwechseln. Indessen bin ich der Ansicht, dass gerade dieses Abweichen von dem Wege des Gewöhnlichen uns einen Fingerzeig dafür geben kann, was geschehen muss, um der Wahrheit auf die Spur zu kommen. Bei Untersuchungen dieser Art sollte man nicht so rasch fragen: was ist geschehen, als: was ist hier geschehen, was noch nicht vorher geschehen ist? Und in der Tat steht die Leichtigkeit, mit der ich dieses Rätsel lösen werde – oder vielmehr schon gelöst habe –, in direktem Verhältnis zu der scheinbaren Unlösbarkeit, die es in den Augen der Polizei hat.«

In sprachlosem Erstaunen starrte ich meinen Freund an. »Ich warte in diesem Augenblick«, fuhr er ruhig, auf die Zimmertür blickend, fort, »auf einen Mann, der, obwohl er vermutlich nicht selbst diese gräßlichen Metzeleien verübt hat, doch jedenfalls in irgendeiner Beziehung dazu steht. An den schlimmsten Greueln dieses Verbrechens ist er wahrscheinlich unschuldig. Ich hoffe wenigstens, dass es so ist, denn ich habe meine ganze Hoffnung, das Rätsel zu lösen, auf diese Voraussetzung gegründet. Ich erwarte den Mann – hier, in diesem Zimmer –, er kann jeden Augenblick kommen. Es ist wahr, dass er möglicherweise auch nicht kommen könnte, aber aller Wahrscheinlichkeit nach wird er es tun. Sollte er kommen, so wird es unbedingt nötig sein, ihn festzuhalten. Hier sind Pistolen; wir beide wissen damit umzugehen, falls die Gelegenheit es fordern sollte.«

3.

Ich nahm die Pistolen, fast ohne zu wissen, was ich tat, und ohne zu glauben, was ich hörte, während Dupin, wie mit sich selber sprechend, fortfuhr. Ich habe das seltsame Wesen, in das er zu gewissen Zeiten verfiel, schon erwähnt. Obwohl seine Worte ja offenbar an mich gerichtet waren und er durchaus nicht laut sprach, bediente er sich doch jener eindringlichen deutlichen Intonation, mit der man zu einer entfernteren Person spricht.

»Dass die von den Leuten auf der Treppe gehörten streitenden Stimmen nicht die der beiden Damen waren, ist durch die übereinstimmenden Aussagen der Zeugen vollständig bewiesen. Dieser Umstand macht die Frage, ob die alte Dame etwa möglicherweise selbst ihre Tochter ermordet und nachher Selbstmord begangen habe, vollständig überflüssig. Ich erwähne diesen Punkt nur, weil ich methodisch vorzugehen liebe, denn die Kräfte der Frau L'Espanaye würden unmöglich hingereicht haben, die Leiche ihrer Tochter in den engen Kaminschacht zu zwängen, in dem sie gefunden worden ist; außerdem ist die Art der Wunden, mit denen ihr ganzer Körper bedeckt war, eine solche, dass jede Möglichkeit eines Selbstmordes ausgeschlossen ist. Es steht somit fest, dass die Mordtaten von einer dritten Partei ausgeführt wurden, und die Stimmen eben dieser dritten Partei waren es, die in heftigem Wortwechsel vernommen wurden. Prüfen wir nun die Eigentümlichkeiten der betreffenden Zeugenaussagen. Ist Ihnen da nichts Absonderliches aufgefallen?«

Ich antwortete, dass es jedenfalls wohl bemerkenswert sei, dass, während alle Zeugen übereinstimmend die rauhe barsche Stimme für die eines Franzosen gehalten hätten, die Ansichten über die schrille oder, wie einer der Zeugen meinte, heisere Stimme sehr weit auseinandergingen. »So lauten die Zeugenaussagen«, sagte Dupin, »indessen ist das nicht das Absonderliche der Aussage. Sie haben also nichts Besonderes bemerkt? Und doch liegt hier eine ganz eigentümliche Tatsache vor. Wie Sie richtig beobachtet haben, stimmten die Aussagen aller Zeugen über die barsche rauhe Stimme vollkommen überein. Was nun die schrille Stimme betrifft, so liegt das Eigentümliche weniger darin, dass die Aussagen der Zeugen voneinander abweichen, als dass eine Reihe derselben, nämlich ein Italiener, ein Engländer, ein Spanier, ein Holländer und ein Franzose, von dieser Stimme als der eines Ausländers sprachen. Jeder ist davon überzeugt, dass es nicht die Stimme eines Landsmannes gewesen sein könne. Jeder glaubt den Klang einer Sprache darin zu erkennen, die er selbst nicht versteht. Der Franzose hält sie für die

Stimme eines Spaniers und – ›würde gewiss ein paar Worte verstanden haben, wenn er nur Spanisch gekonnt hätte.‹ Der Holländer behauptet, es müsse die Stimme eines Franzosen gewesen sein, aber wir lesen in dem Zeugenbericht, dass er, weil er kein Französisch könne, durch Vermittlung eines Dolmetschers verhört worden sei. Der Engländer glaubt, dass es die Stimme eines Deutschen gewesen sei, aber: ›er versteht kein Deutsch.‹ Der Spanier hingegen ist ganz sicher, dass es die Stimme eines Engländers war – er urteilt nach dem Tonfall –, hat aber nicht die geringste Kenntnis der englischen Sprache. Der Italiener glaubt die Stimme eines Russen vernommen zu haben, hat jedoch niemals mit einem geborenen Russen gesprochen. Die Aussage eines zweiten Franzosen weicht wieder von der des ersten ab: er behauptet, dass es unbedingt die Stimme eines Italieners war, die er vernommen habe; er versteht kein Wort Italienisch, hat aber wie der Spanier nach dem Tonfall geurteilt. Wie ganz ungewöhnlich muss diese Stimme gewesen sein, dass die Aussagen der Zeugen darüber so weit auseinandergehen konnten, dass sie Menschen aus den fünf großen europäischen Völkergruppen durchaus fremd erschien! Sie werden allerdings einwerfen, dass es ja möglicherweise auch die Stimme eines Asiaten oder Afrikaners gewesen sein könne. Es gibt deren in Paris nicht allzu viele, aber ohne diese Möglichkeit zu bestreiten, möchte ich Ihre Aufmerksamkeit auf drei bestimmte Punkte leiten. Der eine der Zeugen erklärte, dass die Stimme mehr heiser als schrill gewesen sei. Zwei andere behaupten, dass sie schnell und in abgebrochenen Lauten gesprochen habe. Kein einziger der Zeugen konnte Worte oder wortähnliche Laute unterscheiden.

Ich weiß nicht«, fuhr Dupin fort, »welchen Eindruck meine Auseinandersetzungen auf Sie gemacht haben, aber ich zögere nicht, die Behauptung aufzustellen, dass der Teil der Zeugenaussagen, der sich auf die rauhe und schrille Stimme bezieht, hinreichend ist, einen Verdacht zu erregen, der maßgebend für alle weiteren Forschungen sein sollte und durch den voraussichtlich dieses furchtbare Rätsel seine Lösung finden wird. Ich behaupte, dass die Schlüsse, die ich aus den Zeugenaussagen gezogen habe, die einzig richtigen sind und dass sie in bezug auf den Mörder nur eine Folgerung zulassen. Welcher Art aber diese Vermutung ist, das möchte ich Ihnen vorläufig noch nicht sagen. Ich möchte Sie nur darauf aufmerksam machen, dass sie mir wichtig genug war, um meinen Untersuchungen in dem Mordzimmer eine ganz bestimmte Richtung zu geben.

Versetzen wir uns im Geist wieder in jenes Zimmer. Was ist das erste, was wir darin suchen? Selbstverständlich die Mittel und Wege, die die Mörder zu ihrer Flucht benutzt haben. Ich darf doch zweifellos behaupten, dass weder Sie noch ich an übernatürliche Dinge glauben? Frau und Fräulein L'Espanaye sind nicht durch Geister ums Leben gekommen. Die Täter waren materielle Wesen und sind in materieller Weise entkommen. Aber wie? Glücklicherweise bleibt für unsere Schlußfolgerung nur ein Weg offen, und dieser muss uns zu einer endgültigen Feststellung führen. Untersuchen wir der Reihe nach die Wege, auf denen den Tätern die Möglichkeit einer Flucht geboten war. Es ist klar, dass die Mörder, als die Zeugen die Treppe heraufeilten, entweder in dem Zimmer, in dem Fräulein L'Espanaye gefunden wurde, oder doch in dem angrenzenden kleinen Zimmer gewesen sein müssen. Sie können daher auch nur aus einem dieser beiden Zimmer den Ausweg gefunden haben. Die Polizei hat den Fußboden, die Decke und das Mauerwerk der Wände auf das sorgfältigste untersucht. Kein geheimer Ausgang würde ihrer Aufmerksamkeit entgangen sein. Da ich aber den Augen der Polizei nicht unbedingt traue, so prüfte ich alles mit meinen eigenen. Es war aber wirklich kein geheimer Ausgang vorhanden. Von den Zimmern führten Türen in den Gang, aber sie waren fest verschlossen, und zwar steckte in beiden Schlössern der Schlüssel von innen. Betrachten wir uns nun die Schornsteine; sie haben zwar oberhalb des Kamins bis zur Höhe von acht bis zehn Fuß die gewöhnliche Breite, verengen sich aber dann so sehr, dass kaum eine große Katze hindurch könnte. Da also die Unmöglichkeit, auf diesen beiden Wegen zu entwischen, bewiesen ist, sehen wir uns auf die Fenster beschränkt. Durch die des Vorderzimmers hätte unmöglich jemand entfliehen können, ohne von den vor dem Hause versammelten Menschen bemerkt zu werden. Die Mörder müssen daher durch eins der Fenster des Hinterzimmers entkommen sein. Nachdem wir zu diesem Schluß gelangt sind, dürfen wir ihn nicht ohne weiteres verwerfen, weil wir auch hier scheinbaren Unmöglichkeiten gegenüberstehen. Es gilt nur den Beweis zu liefern, dass in Wirklichkeit diese Unmöglichkeiten nicht bestehen.

Das Zimmer hat zwei Fenster. Eins davon ist nicht durch Möbel verstellt und vollständig sichtbar. Der untere Teil des anderen wird dem Auge ganz durch das Kopfende einer davorstehenden Bettstatt entzogen: Das erste Fenster wurde von innen fest verschlossen gefunden. Die Bemühungen mehrerer Personen, es in die Höhe zu schieben, waren erfolglos. Auf der linken Seite des Rahmens war ein ziemlich großes Loch eingebohrt, und in diesem Loch steckte ein beinahe bis zum Kopf eingetriebener, sehr starker Nagel. Bei der Untersuchung des zweiten Fensters ergab sich, dass dort ein ebensolcher Nagel angebracht war, und auch hier versuchte man es vergebens, das Fenster in die Höhe zu schieben. Die Polizei beruhigte sich hiermit und war überzeugt, dass die Täter nicht durch eines der Fenster entflohen seien. Man hielt es daher auch für überflüssig, die Nägel herauszuziehen und die Fenster zu öffnen. Meine eigene Untersuchung fiel etwas sorgfältiger aus, und zwar aus dem eben angeführten Grund – ich wusste, es müsse sich hier erweisen, dass eine scheinbare Unmöglichkeit in Wirklichkeit nicht bestand.

Ich schloss also weiter – *a posteriori*: Die Mörder entkamen unbedingt durch eines dieser Fenster. Wenn dies der Fall war, so konnten sie jedoch unmöglich die Schiebfenster von innen in der Weise befestigt haben, wie man sie vorgefunden hatte: ein Umstand, dessen Unbestreitbarkeit dann ja auch allen Nachforschungen der Polizei nach dieser Richtung ein Ende machte. Da die Schiebfenster in der angegebenen Weise wieder zugemacht worden waren, musste unbedingt ein sogenannter Selbstschließer daran angebracht sein. Diesem Schluß konnte ich mich nicht entziehen. Ich begab mich nun an das freiliegende Fenster, zog mit einiger Mühe den Nagel heraus und versuchte die Scheiben in die Höhe zu schieben. Wie ich es eigentlich nicht anders erwartet hatte, gelang mir dies nicht. Ich war nun fest davon überzeugt, dass irgendwo eine Feder verborgen sein musste, und wenn die Geschichte mit den Nägeln mir auch noch dunkel erschien, so fand ich doch sehr bald die Bestätigung meiner Vermutung. Es gelang mir nach sorgfältigem Suchen, die verborgene Feder zu finden. Ich drückte darauf, unterließ es aber, von der Entdeckung einstweilen befriedigt, das Fenster hinaufzuschieben.

Ich steckte den Nagel wieder ein und betrachtete ihn aufmerksam. Wenn jemand durch dieses Fenster entflohen war, konnte er es sehr wohl von außen zuschlagen, so dass die Feder wieder einfallen musste; aber der Nagel, der konnte unmöglich von außen wieder hineingesteckt werden. Die Schlußfolgerung war klar, und sie verengerte wieder das Feld meiner Nachforschungen. Die Mörder mussten durch das andere Fenster entkommen sein. Angenommen, dass der federnde Verschluss beider Fenster der gleiche war, wie dies ja sehr wahrscheinlich, so mussten die Nägel oder wenigstens die Art ihrer Befestigung verschieden sein. Ich stellte mich auf den im Bett liegenden Strohsack und sah mir über das

Kopfende des Bettes weg das zweite Fenster scharf an. Mit der Hand hinter die Bettstatt fassend, entdeckte ich sofort die Feder und drückte darauf; sie war, wie ich dies vorausgesetzt hatte, genauso konstruiert wie die andere. Nun sah ich mir den Nagel näher an. Er war so stark wie sein Gegenstück, auch augenscheinlich in derselben Weise befestigt, das heißt, beinahe bis zum Kopf in das Loch eingetrieben. Wenn Sie aber annehmen würden, dass mich diese Tatsache verwirrte, würden Sie das Wesen meiner Induktionsbeweise gründlich missverstanden haben. Die Glieder der Kette griffen fest und sicher ineinander. Ich hatte das Geheimnis bis zum letzten Punkt verfolgt, und dieser Punkt, das war der Nagel. Wie ich bereits sagte, sah er genauso aus wie der Nagel in dem anderen Fenster, aber was bedeutete diese Tatsache gegenüber der Erwägung, dass ich an dieser Stelle die Spur verlor? Es muss etwas mit dem Nägel nicht in Ordnung sein, sagte ich mir; ich zog daran – und siehe, der Kopf und etwa ein viertel Zoll des Schaftes blieben in meiner Hand. Der untere Teil blieb in dem Bohrloch stecken, in dem er abgebrochen war. Der Bruch war ein alter, denn die Ränder waren mit Rost bedeckt; er rührte wahrscheinlich von einem Hammerschlag her, mit dem man den oberen Teil des Nagels in den Fensterrahmen eingetrieben hatte. Ich steckte den Kopf des Nagels wieder sorgsam in das Loch, aus dem ich ihn genommen, und er hatte nun wieder ganz das Aussehen eines vollständig unbeschädigten Nagels, da von der Bruchstelle nichts zu sehen war. Ich drückte auf die Feder und zog ohne Mühe das Schiebfenster vorsichtig ein paar Zoll in die Höhe; der Nagelkopf, der fest in dem Rahmen steckte, ging mit. Ich schloss das Fenster, und der Nagel hatte nun wieder ein ganz unverletztes Aussehen.

So weit war also das Rätsel gelöst. Der Mörder war aus dem hinter dem Bett befindlichen Fenster entflohen, dieses war nach seiner Flucht von selbst wieder zugefallen oder vielleicht auch heruntergedrückt und von der einschnappenden Feder festgehalten worden. Jedenfalls hatte die Polizei irrtümlicherweise angenommen, dass es der Nagel sei, durch den das Fenster befestigt war, und sie hatte es daher für überflüssig gehalten, weitere Nachforschungen anzustellen. Die nächste Frage, die es zu lösen galt, war nun, wie es dem Mörder gelungen sein konnte, am Haus hinunterzukommen. Darüber bestanden von dem Augenblick an, wo wir um das Haus herumgegangen waren und es von hinten gemustert hatten, für mich keine Zweifel mehr. Ungefähr fünfundeinhalb Fuß von dem fraglichen Fenster entfernt läuft ein Blitzableiter nach unten. Es würde nun allerdings unmöglich sein, von dieser Stange aus das Fenster zu erreichen und darin einzusteigen. Ich bemerkte jedoch sofort, dass die Fensterläden des vierten Stockes von jener eigentümlichen Art sind, die die Pariser Schreiner ferrades nennen. Sie sind jetzt hier ziemlich selten geworden, während man sie in Lyon und Bordeaux, besonders an älteren Häusern, noch häufig findet. Sie sehen aus wie eine gewöhnliche einfache Tür (keine Flügeltür), deren untere Hälfte aus Latten oder Gitterwerk besteht, um leichter erfasst und gehandhabt werden zu können. An den betreffenden Fenstern sind die Läden volle drei und einen halben Fuß breit. Als wir sie von der Rückseite des Hauses aus betrachteten, standen sie zur Hälfte offen, das heißt, sie bildeten einen rechten Winkel mit der Hauswand. Wahrscheinlich hat die Polizei die Rückseite des Hauses ebenso untersucht, wie ich es getan habe; aber wenn dies geschehen war, so ist ihr jedenfalls die ungewöhnliche Breite der ferrades nicht aufgefallen, oder sie hat derselben keinerlei Bedeutung beigelegt. Da sie die Überzeugung gewonnen hatte, dass von dieser Stelle eine Flucht unmöglich sei, sind auch wohl die hier angestellten Untersuchungen sehr oberflächlicher Natur gewesen. Ich sah jedoch sofort, dass der Laden des Fensters, vor dem das Bett stand, wenn er ganz zurückgeschlagen würde, kaum zwei Fuß vom Blitzableiter entfernt sein könne. Es war also durchaus nicht unmöglich, dass jemand, der über einen ungewöhnlichen Grad von Geschicklichkeit und Mut verfügte, von dem Blitzableiter aus durch das Fenster eindringen konnte, und zwar in folgender Weise: Angenommen, dass der Fensterladen weit offenstand, so war es nicht schwer, vom Blitzableiter aus, über eine Entfernung von zweieinhalb Fuß weg mit festem Griff das Gitter des Ladens zu erfassen. Dann konnte man, den Blitzableiter fahren lassend, die Füße gegen die Mauer stemmen und durch einen kühnen Schwung den Laden in Bewegung setzen, so dass dieser sich schloss; wenn das Fenster zufällig offenstand, konnte es sogar gelingen, sich gleich in das Zimmer hineinzuschwingen. Ich möchte Sie daran erinnern, dass ich es besonders betonte, es sei ein ganz ungewöhnlicher Grad von Körpergewandtheit erforderlich, um ein solches Wagnis auszuführen. Meine Absicht ist in erster Linie, Ihnen zu beweisen, dass solch ein kühner Schwung allerdings möglich, aber dass dazu eine ganz ungewöhnliche, fast übernatürliche Behendigkeit und körperliche Sicherheit gehöre.

Sie werden, um in der Sprache der Juristen zu reden, mir vielleicht sagen, dass ich, »um meinen Fall durchzuführen«, besser tun würde, die zu einem solch tollkühnen Wagestück erforderliche Körpergewandtheit nicht zu hoch einzuschätzen und nicht wieder und immer wieder drauf zurückzukommen, welcher Grad von Geschicklichkeit dazu erforderlich sei. Vom juristischen Standpunkt würden Sie gewiss ganz recht haben, aber der gesunde Menschenverstand denkt und handelt anders. Worauf es mir ankommt, das ist vorläufig nur, den wahren Tatbestand festzustellen. Mein nächster Zweck ist es, Sie auf den eigentümlichen Zusammenhang aufmerksam zu machen, der zwischen der außergewöhnlichen Behendigkeit und jener sonderbaren schrillen Stimme besteht, jener heiseren, kreischenden Stimme, über deren Sprache die Aussagen der Zeugen sich nicht einigen konnten, während alle einstimmig erklärten, nur Laute, keine Worte vernommen zu haben.«

Nun erst fing ich an zu begreifen, was Dupin sagen wollte. Allerdings verstand ich ihn noch nicht ganz, aber ich ahnte, worauf er hinzielte. Mir war ungefähr so zumute, wie wenn man sich auf etwas besinnt, an das man sich nicht genau erinnern kann.

Mein Freund fuhr fort:

»Sie sehen«, sagte er, »dass ich mich zunächst mit der Frage beschäftigt habe, wie der Mörder in das Haus eingedrungen sei, um danach die Art seiner Flucht festzustellen. Ich wünsche Sie davon zu überzeugen, dass er an derselben Stelle herein- und herausgekommen sein muss. Betrachten wir uns nun das Innere des Zimmers. Man behauptet, die Schubladen des Sekretärs seien ausgeplündert worden, während tatsächlich eine Menge von Schmuck- und anderen Gegenständen darin gefunden wurde. Wie können wir es wissen, ob nicht die noch in den Schubfächern befindlichen Dinge wirklich alles waren, was die Damen darin aufzubewahren pflegten? Frau L'Espanaye und ihre Tochter führten ein sehr zurückgezogenes Leben – empfingen keine Besuche, gingen selten aus –, sie hatten wenig Gelegenheit, Toilette zu machen und Schmuck zu tragen. Das, was sich an Bekleidungs- und Putzgegenständen vorfand, war alles gediegen und von feinster Qualität, wie sich das kaum anders erwarten ließ. Wenn ein Dieb einen Teil dieser Sachen gestohlen hatte, warum nahm er nicht die wertvollsten, warum nahm er nicht alles? Mit einem Wort: warum ließ er 4000 Frank in Gold zurück, um sich vielleicht mit einem Bündel getragener Kleider davonzumachen? Das Gold ist zurückgeblieben. Beinahe die ganze vom Bankier Mignaud erwähnte Summe wurde in zwei Beuteln auf dem Fußboden gefunden. Ich möchte gern, Sie ließen die irrtümliche Annahme, dass irgendein Motiv zu dieser Tat vorliege, ganz fahren. Jene alberne Idee ist nur deshalb im Kopf der Polizeiorgane entstanden, weil durch Zeugenaussage festgestellt wurde, dass Geld an der Tür abgeliefert worden war. Nun treffen doch wirklich zu jeder Zeit unseres Lebens zehnmal merkwürdigere Umstände zusammen als der, dass Geld abgeliefert und der Empfänger drei Tage darauf ermordet wurde, ohne dass wir uns weiter damit beschäftigten. Über ein solches Zusammentreffen von Umständen stolpern nur jene schlecht geschulten Denker, die von der Wahrscheinlichkeitstheorie nichts wissen, obwohl die Wissenschaft gerade dieser Theorie manche ruhmvolle Errungenschaft verdankt. Wäre in vorliegendem Fall das Geld verschwunden gewesen, so würde die Tatsache, dass es erst vor drei Tagen abgeliefert worden war, mehr als ein bloßer Zufall sein und schwer ins Gewicht fallen. Sie würde uns in dem Gedanken bestärken, dass hier das Motiv der Tat zu suchen sei. Wenn wir aber unter den obwaltenden Umständen das Gold als Motiv für die Gewalttat gelten lassen wollen, so müssen wir notwendig zu dem Schluß kommen, dass der Mörder ein wankelmütiger Idiot war, der Motiv und Gold im Stich gelassen hat.

Während wir nun die Punkte, auf die ich Ihre Aufmerksamkeit gelenkt habe, fest im Auge behalten – ich meine also die sonderbare Stimme, die außergewöhnliche Behendigkeit des mutmaßlichen Täters, vor allem aber die Tatsache, dass jedes Motiv zu den gräßlichen Mordtaten fehlt –, wollen wir einen Blick auf die Metzelei selbst werfen. Ein junges Mädchen ist mit den Händen erdrosselt und dann mit dem Kopf nach unten mit brutaler Gewalt in den Kamin hineingepresst worden. Gewöhnliche Mörder werden ganz gewiss niemals eine solche Todesart in Anwendung bringen, am allerwenigsten werden sie ihr Opfer in einer solchen Weise zu verbergen suchen. Sie werden zugeben, dass in der Art, wie die Leiche in den Kamin hineingezwängt wurde, etwas so unerhört

Scheußliches liegt, dass es sich mit unseren üblichen Begriffen von menschlichem Tun und Lassen nicht vereinigen lässt, selbst dann nicht, wenn wir annehmen, dass die Missetäter ganz entmenschte Bösewichter waren. Bedenken Sie ferner, welche Kraft dazu nötig war, die Leiche in eine so enge Öffnung hinaufzustoßen, dass es der vereinten Anstrengungen mehrerer Personen bedurfte, um sie wieder herabzuziehen.

Es ist dies übrigens nicht das einzige Zeichen dafür, dass hier eine fast übermenschliche Kraft im Spiel gewesen ist. Auf dem Herd lagen dicke Strähnen – sehr dicke Strähnen grauen Menschenhaares, die mit den Wurzeln ausgerissen waren. Sie wissen, dass schon eine ziemliche Kraftanstrengung dazu gehört, um nur zwanzig bis dreißig Haare zusammen aus dem Kopf zu reißen. Sie haben diese Haarsträhnen ebensogut gesehen wie ich. Es war ein scheußlicher Anblick. An den Wurzeln hingen noch Stückchen der Kopfhaut, ein sicheres Zeichen der übermenschlichen Kraft, die angewendet wurde, um vielleicht mehrere tausend Haare auf einmal auszureißen. Der Hals der alten Dame war durchschnitten, mehr noch: der Kopf war fast ganz vom Rumpf getrennt, und zwar offenbar mit einem Rasiermesser. Ich bitte Sie, die ganz tierische Roheit zu beachten, mit der diese Taten ausgeführt wurden. Von den vielen Verletzungen und Quetschwunden an Frau L'Espanayes Leiche will ich nicht reden. Herr Dumas und sein Kollege haben ja beide ausgesagt, dass sie von einem stumpfen Gegenstand herrührten; nun, in gewisser Beziehung haben die Herren da recht. Der stumpfe Gegenstand war das Steinpflaster des Hofes, auf den das Opfer aus dem vierten Stockwerk hinabgeworfen wurde, und zwar durch das Fenster, vor dem das Bett steht. So einfach diese Annahme uns jetzt erscheint, so entging sie der Polizei aus demselben Grund, aus dem sie die Breite der Fensterläden nicht bemerkt hatte, weil nämlich die bewussten Nägel ihren Kopf derartig vernagelt hatten, dass sie es für unmöglich hielt, dass die Fenster doch vielleicht geöffnet worden seien.

Wenn wir nun noch der im Zimmer herrschenden wüsten Unordnung gedenken und uns ferner der erstaunlichen Behendigkeit, der übermenschlichen Stärke und tierischen Roheit erinnern, mit der diese grundlosen Verbrechen in geradezu bizarrer Scheußlichkeit ausgeführt wurden – wenn wir jene schrille Stimme in Erwägung ziehen, deren Klang den Ohren vieler Zeugen der verschiedensten Nationalität fremd war, welcher Gedanke drängt sich Ihnen da auf? Welchen Schluß ziehen Sie aus so viel Tatsachen?« – Ich fühlte, als Dupin diese Frage an mich stellte, wie mich ein Schauder durchrieselte. »Nur ein Wahnsinniger«, sagte ich, »kann diese Tat vollbracht haben, ein Tobsüchtiger, der aus der benachbarten Irrenanstalt entsprungen ist.«

»In gewisser Beziehung«, antwortete er, »ist Ihr Verdacht vielleicht nicht unbegründet. Aber die Stimme Wahnsinniger, selbst wenn sie Tobsuchtsanfälle haben, gleicht in keinem Fall jener eigentümlich schrillen Stimme, die auf der Treppe vernommen worden ist. Ein Wahnsinniger gehört doch irgendeiner Nation an, und wenn der Sinn seiner Rede noch so unzusammenhängend und verworren sein sollte, so wird er doch immer Worte zu bilden vermögen. Außerdem haben Wahnsinnige nicht solches Haar, wie ich es hier in meiner Hand habe. Ich habe dieses kleine Haarbüschel aus den zusammengekrampften Fingern der Frau L'Espanaye gelöst. Sagen Sie mir, was Sie davon denken.«

»Dupin«, sagte ich ganz überwältigt, »dieses Haar ist kein Menschenhaar.«

4.

Ich habe das auch nicht behauptet«, erwiderte er. »Aber ehe wir jenen Punkt feststellen, bitte ich Sie, einen Blick auf diese kleine, von mir gezeichnete Skizze zu werfen. Es ist eine genaue Wiedergabe von dem, was in der Zeugenaussage als ›dunkle Quetschungen‹ angegeben wurde und was die Herren Dumas und Etienne ›eine Reihe blutunterlaufener Flecke‹ nannten, ›die augenscheinlich durch den tiefen Eindruck von Fingernägeln am Hals von Fräulein L'Espanaye entstanden sind‹. Sie werden bemerken«, fuhr mein Freund fort, das Blatt vor mir auf dem Tisch ausbreitend, »dass diese Zeichnung auf einen festen eisernen Griff schließen lässt. Von einem Abgleiten ist hier nichts zu bemerken. Jeder Finger hat bis zum Tod des Opfers den furchtbaren Griff beibehalten, mit dem er sich zuerst eingekrallt hatte. – Versuchen Sie jetzt einmal, Ihre sämtlichen Finger gleichzeitig auf die schwarzen Flecke zu legen, die Sie hier sehen.«

Ich versuchte es, jedoch vergebens. »Wir greifen die Sache vielleicht doch nicht ganz richtig an«, meinte Dupin. »Das Papier liegt auf einer ebenen Fläche, während der menschliche Hals eine zylindrische Form hat. Hier ist ein rundes Stück Holz, das ungefähr den Umfang eines Halses hat. Stecken Sie die Zeichnung um das Holz fest und versuchen Sie es noch einmal.«

Ich tat es, aber es gelang mir noch weniger als das erstemal.

»Diese Eindrücke können unmöglich von einer Menschenhand herrühren«, sagte ich entschieden.

»Nun denn«, fuhr Dupin fort, »so lesen Sie jetzt diese Stelle von Cuvier.«

Es war ein ausführlicher anatomischer und allgemein beschreibender Bericht über den großen schwarzbraunen

Orang-Utan, wie er auf den ostindischen Inseln vorkommt. Die riesige Gestalt, die wunderbare Kraft und Behendigkeit, die ungebändigte Wildheit und der Nachahmungstrieb dieses Säugetieres sind ja bekannt. Mir fiel es wie Schuppen von den Augen, ich begriff sofort die grauenhaften Einzelheiten jener Mordtaten.

»Die Beschreibung der Finger«, sagte ich, nachdem ich den Artikel ausgelesen hatte, »stimmt genau mit Ihrer Zeichnung überein. Ich sehe, dass kein anderes Tier als ein Orang-Utan von der hier genannten Gattung solche Fingereindrücke wie die von Ihnen gezeichneten hinterlassen könnte. Auch das kleine Büschel lohfarbener Haare stimmt mit der Beschreibung überein, die Cuvier uns von dem Tier macht. Indessen kann ich immer noch nicht alle Einzelheiten des grauenhaften Geheimnisses verstehen. Auch hat man zwei streitende Stimmen gehört, und alle Zeugen behaupten, dass die eine davon die eines Franzosen gewesen sei.«

»Das ist richtig. Sie werden sich ebenso des Umstandes erinnern, dass die Zeugen einstimmig erklärten, wiederholt gehört zu haben, wie diese Stimme sich des Ausdrucks ›mon Dieu‹ bediente. Einer der Zeugen, der Konditor Montani, behauptet sogar, dass im Ton dieser Worte ein strenger Verweis gelegen habe. Auf diesen beiden Worten beruht meine Hoffnung, das Rätsel voll und ganz zu lösen. Jedenfalls weiß ein Franzose um den Mord. Es ist möglich – ja sogar wahrscheinlich –, dass er vollkommen unschuldig an dem blutigen Drama ist. Der Orang-Utan ist ihm vielleicht entflohen. Er hat ihn wahrscheinlich bis zu dem bewussten Zimmer verfolgt, kam aber zu spät, um die Greuel zu verhindern, die das furchtbare Tier anstiftete, und vermochte es auch nicht, ihn wieder einzufangen. Wahrscheinlich treibt der Orang-Utan sich immer noch frei umher. Indessen sind das nur Vermutungen, und sie sind so schwach begründet, dass mein eigener Verstand sich wehrt, sie anzuerkennen; ich kann daher nicht erwarten, dass irgendein anderer ihnen Bedeutung beilegen sollte. Wenn, wie ich das annehme, der betreffende Franzose unschuldig an dem Blutbad ist, dann wird die Anzeige, die ich gestern abend in der Redaktion der Zeitung ›Le Monde‹ aufgab, ihn bald in unsere Wohnung führen. ›Le Monde‹ ist ein Blatt, das die Interessen der Schiffahrt vertritt und das besonders von Matrosen und Seefahrern viel gelesen wird.«

Er reichte mir eine Zeitung, und ich las: »Eingefangen. Im Bois de Boulogne ist am... (Datum des Tages nach dem Mord) ein sehr großer lohfarbener Orang-Utan, der vermutlich aus Borneo stammt, eingefangen worden. Der rechtmäßige Eigentümer – man hat ermittelt, dass er als Matrose auf einem maltesischen Schiff dient – kann das Tier in Empfang nehmen, wenn er sich als Besitzer ausweisen kann und bereit ist, die geringen Kosten für das Einfangen und die Verpflegung des Tieres zu bezahlen. Näheres Faubourg Saint-Germain, Rue... Nr.... im dritten Stock.«

»Aber«, rief ich, »wie ist es möglich, dass Sie wissen, dass dieser Mann ein Matrose ist und auf einem maltesischen Schiff dient?«

»Das weiß ich auch gar nicht«, sagte Dupin, »und ich bin durchaus nicht sicher, dass es so ist. Indessen habe ich hier ein kleines Stück Band, das seiner Form und seinem fettigen Aussehen nach vielleicht zum Binden eines jener Zöpfe gedient hat, wie die Matrosen sie so gern tragen. Es ist in einen sogenannten Seemannsknoten verschlungen, den fast nur die Matrosen, und zwar hauptsächlich die auf maltesischen Schiffen dienenden, zu machen verstehen. Ich habe das Band vor dem Blitzableiter gefunden. Jedenfalls hat es keiner der gemordeten Damen angehört. Es ist ja sehr möglich, dass meine Vermutung, der Franzose sei ein Matrose und gehöre zu einem maltesischen Schiff, eine durchaus irrige ist. Doch kann das, was ich in dieser Anzeige gesagt habe, jedenfalls nichts schaden. Irre ich mich, so wird der Mann höchstens denken, ich hätte mich durch irgendeinen Umstand, den zu erforschen er sich nicht die Mühe geben wird, irreführen lassen. Habe ich aber recht, so ist sehr viel gewonnen. Wenngleich er selbst unschuldig an den Mordtaten ist, weiß er doch, was der Orang-Utan angerichtet hat, und es ist daher erklärlich, dass er zunächst zögern wird, auf die Anzeige zu antworten und nach seinem Affen zu fragen. Er wird etwa so überlegen: ›Ich bin unschuldig, ich bin arm, mein Orang-Utan hat einen bedeutenden Wert, für einen Mann in meinen Verhältnissen bedeutet er ein kleines Vermögen; warum sollte ich ihn um einer vielleicht völlig unbegründeten Befürchtung willen einbüßen? Es steht bei mir, ihn zurückzubekommen. Er ist im Bois de Boulogne eingefangen worden, also sehr weit entfernt vom Schauplatz jener Mordtaten. Wie sollte jemand auf die Vermutung kommen, dass ein vernunftloses Tier eine solche Tat begangen habe? Die Polizei ist ratlos; es ist ihr nicht gelungen, auch nur den kleinsten Anhalt zu finden, der sie auf die richtige Spur leiten könnte. Aber selbst wenn es gelänge, der Fährte des Tieres nachzugehen, so würde es darum doch unmöglich sein, mir zu beweisen, dass ich Mitwisser der Mordtaten bin, oder gar, mich auf Grund dieser Mitwissenschaft zu verurteilen. Vor allem jedoch – man kennt mich. Der Inserent dieser Anzeige bezeichnet mich als den Besitzer des Tieres. Wie weit sich seine Kenntnis meiner Person erstreckt, weiß ich nicht. Sollte ich es unterlassen, das wertvolle Tier zu reklamieren, so wird, da man weiß, dass es mir gehört, gerade dadurch möglicherweise ein Verdacht geweckt. Es wäre sehr unklug von mir, wenn ich jetzt die Aufmerksamkeit der Polizei auf mich oder auf das Tier lenken wollte. Ich will mich daher als Eigentümer des Affen melden und ihn fest eingesperrt halten, bis Gras über die Sache gewachsen ist.‹« In diesem Augenblick hörten wir Fußtritte auf der Treppe.

»Halten Sie Ihre Pistolen bereit«, sagte Dupin, »aber machen Sie keinen Gebrauch davon, bis ich Ihnen ein Zeichen gebe.«

Da die Haustür offenstand, war der Besucher ohne zu läuten eingetreten und befand sich schon auf der Treppe. Hier schien er plötzlich zu zögern. Wir hörten, wie er wieder hinunterging. Dupin stand rasch auf und schritt nach der Tür; aber schon hörten wir den Mann wieder heraufkommen. Diesmal kehrte er nicht um, sondern trat entschlossen an unsere Zimmertür heran und klopfte.

»Herein!« rief Dupin in heiterem, herzlichem Ton.

Ein Mann trat ein; er war offenbar Matrose; er hatte eine große, kräftige, muskulös aussehende Gestalt, und sein Gesicht trug einen offenen, verwegenen Ausdruck, der durchaus nicht abstoßend war. Sein stark von der Sonne verbranntes Gesicht wurde über die Hälfte von einem mächtigen Schnurr- und Backenbart verdeckt. In der Hand trug er einen großen Eichenknüttel, schien aber sonst keine Waffe bei sich zu haben. Er verbeugte sich linkisch und sagte »guten Abend«, und zwar mit einem Akzent, der, obwohl er etwas nach Neufchâtel klang, doch seine Pariser Abstammung verriet.

»Setzen Sie sich, mein Freund«, sagte Dupin, »ich vermute, dass Sie wegen Ihres Orang-Utans kommen? Es ist ein außerordentlich schönes und dabei gewiss sehr wertvolles Tier; ich möchte Sie beinahe darum beneiden. Für wie alt halten Sie es wohl?«

Der Matrose holte tief Atem – mit der Miene eines Menschen, dem eine Last vom Herzen fällt, und erwiderte dann in ruhigem Ton:

»Das kann ich Ihnen nicht genau sagen, aber er kann kaum mehr als vier oder fünf Jahre alt sein. Haben Sie ihn hier?«

»O nein; hier hatten wir keinen passenden Raum, in dem wir ihn hätten unterbringen können. Er ist aber hier ganz; in der Nähe, Rue Dubourg, in einem Stall untergebracht. Sie können ihn sofort bekommen. Sie können sich doch jedenfalls als rechtmäßigen Besitzer des Tieres ausweisen?«

»Gewiss kann ich das, Herr.«

»Es tut mir sehr leid, mich von dem Tier zu trennen«, sagte Dupin.

»Ich will nicht, dass Ihre Mühe unbelohnt bleibe, Herr. Das verlange ich nicht. Ich bin bereit, Ihnen für das Einfangen des Tieres eine angemessene Belohnung zu zahlen.«

»Nun«, antwortete mein Freund, »das ist ja gewiss recht schön. Lassen Sie mich nachdenken – was könnte ich wohl beanspruchen? Oh, ich will Ihnen sagen, was ich als Belohnung fordere: Sie sollen mir ganz genau alles mitteilen, was Sie über die in der Rue Morgue verübten Mordtaten wissen.«

Dupin hatte die letzten Worte in leisem, sehr ruhigem Ton gesprochen. Ebenso ruhig stand er nun auf, schritt auf die Tür zu, verschloss sie und steckte den Schlüssel ein. Dann zog er eine Pistole aus der Tasche und legte sie, ohne die geringste Erregung zu verraten, auf den Tisch.

Das Gesicht des Matrosen bedeckte sich mit einer glühenden Röte; es war, als kämpfe er mit einem Erstickungsanfall. Er sprang auf und ergriff seinen Knüttel, aber im nächsten Augenblick fiel er in seinen Stuhl zurück; er zitterte heftig, und seine Wangen wurden aschfahl. Er sprach kein Wort. Ich empfand tiefes Mitleid mit dem Mann.

»Mein Freund«, fuhr Dupin in gütigem Ton fort, »Sie regen sich ganz unnötigerweise auf; glauben Sie es mir: wir denken gar nicht daran, Ihnen irgendwie schaden zu wollen. Ich gebe Ihnen mein Wort als Ehrenmann und als Franzose, dass Sie von uns nicht das geringste zu fürchten haben. Ich weiß, dass Sie an den in der Rue Morgue verübten scheußlichen Mordtaten unschuldig sind. Freilich lässt es sich nicht leugnen, dass Sie in gewisser Beziehung in diese Sache verwickelt sind. Aus dem, was ich Ihnen gesagt habe, werden

Sie wohl erkennen, dass mir Mittel zu Gebote stehen, ganz genaue Erkundigungen über den Tatbestand einzuziehen – Mittel, deren Tragweite Sie nicht ermessen können. Die Sache steht nun so: Das, was geschehen ist, haben Sie nicht verhindern können, und jedenfalls haben sie selbst sich nicht schuldig gemacht. Sie haben auch keinen Diebstahl begangen, obwohl Ihnen dazu glänzende Gelegenheit geboten war. Sie haben nichts zu verheimlichen, haben nicht den kleinsten Grund dazu. Als ehrenhafter Mensch sind Sie außerdem geradezu verpflichtet, alles zu gestehen, was Sie wissen. Ein vollständig Unschuldiger, auf den der Verdacht gefallen ist, diese Verbrechen begangen zu haben, ist festgenommen worden, während Ihnen der wirkliche Täter bekannt ist.«

Der Matrose hatte, während Dupin diese Worte sprach, seine Geistesgegenwart wiedererlangt, obwohl seine anfängliche Keckheit vollständig verschwunden war.

»So wahr mir Gott helfe«, sagte er nach einer kurzen Pause, »ich will Ihnen alles sagen, was ich von der Sache weiß, obwohl ich kaum erwarten kann, dass Sie meinen Worten Glauben schenken werden – es wäre töricht von mir, das zu denken. Und doch bin ich unschuldig, und ich will mein Herz erleichtern und Ihnen alles sagen, was ich weiß, und wenn es mich das Leben kosten sollte.«

Was er uns dann mitteilte, war folgendes: Er war mit einem Schiff im indischen Archipel gewesen, und man war in Borneo gelandet. Einige Matrosen, denen er sich angeschlossen hatte, machten einen Ausflug in das Innere des Landes. Es gelang ihm und einem seiner Kameraden, einen Orang-Utan zu fangen. Da sein Gefährte bald darauf starb, kam er in alleinigen Besitz des Tieres.

Nach vielen Schwierigkeiten, die das Tier ihm auf der Reise durch seine unbezähmbare Wildheit verursachte, kam er endlich glücklich mit ihm in Paris an. Um der Neugier der Nachbarn auszuweichen, hielt er die Bestie vorläufig in seiner Wohnung eingeschlossen; sein Plan war, den Affen zu verkaufen, sobald dieser von einer Fußwunde geheilt sein würde, die er sich an Bord durch das Eindringen eines Splitters zugezogen hatte.

Er kam an dem Abend, oder besser gesagt, an dem frühen Morgen, an dem die Mordtaten verübt wurden, von einem Matrosenfest nach Hause zurück und fand dort die Bestie in seinem Schlafzimmer. Es war ihr gelungen, aus dem angrenzenden GeLass, wo der Matrose sie angebunden hatte und sicher verwahrt glaubte, auszubrechen. Er fand das Tier eingeseift und mit dem Rasiermesser in der Hand vor dem Spiegel, wo es sich zu rasieren versuchte; wahrscheinlich hatte es öfter durch das Schlüsselloch seinen Herrn bei dieser Beschäftigung beobachtet.

Entsetzt von dem Anblick einer so gefährlichen Waffe in den Händen des wilden Tieres, das möglicherweise einen furchtbaren Gebrauch davon machen würde, verlor der Mann im ersten Augenblick den Kopf. Indessen war es ihm bisher stets gelungen, das Tier, selbst wenn es sich noch so wild und unbändig erwies, durch Anwendung der Peitsche zu beruhigen, und zu diesem Mittel nahm er auch jetzt seine Zuflucht. Als aber der Orang-Utan die Peitsche sah, entsprang er mit einem Satz durch die geöffnete Zimmertür, jagte die Treppe hinab und entfloh durch ein zufällig offenes Fenster auf die Straße.

Der Franzose folgte in Verzweiflung. Der Affe, der immer noch das Rasiermesser in der Hand hatte, blieb zuweilen stehen, um sich nach seinem Verfolger umzusehen und ihm Grimassen zu schneiden. Wenn der Mann ihn dann beinahe erreicht hatte, lief er wieder in tollen Sprüngen weiter.

In dieser Weise setzte sich die Jagd lange fort. In den Straßen herrschte tiefe Stille; es war gegen drei Uhr morgens. Als der Flüchtling das hinter der Rue Morgue liegende Gäßchen erreicht hatte, wurde seine Aufmerksamkeit durch den

Lichtschein gefesselt, der durch das offene Fenster des im vierten Stock liegenden Zimmers der Madame L'Espanaye schimmerte. Das Tier stürzte auf das Gebäude zu, und als es den Blitzableiter bemerkte, kletterte es mit verblüffender Geschwindigkeit daran hinauf, klammerte sich an den weit offenstehenden Fensterladen, gab sich einen Schwung und gelangte direkt in das Zimmer und auf das Kopfende des Bettes. Den Fensterladen stieß der Affe, sobald er in das Zimmer gedrungen, wieder zurück.

Der Matrose war sowohl erfreut als tief beunruhigt. Er hoffte, nun das Tier wieder einzufangen, denn es würde kaum einen andern Ausweg aus der Falle, in die es geraten, finden, als den Blitzableiter, und wenn es daran herunterkletterte, würde es nicht allzu schwer sein, sich seiner zu bemächtigen. Andrerseits war Grund genug, zu befürchten, es werde in dem Haus Unheil anrichten. Diese letzte Erwägung bestimmte den Matrosen, den Flüchtling weiter zu verfolgen. An einem Blitzableiter in die Höhe zu klettern ist eine Aufgabe, die einem Matrosen nicht allzu große Schwierigkeiten bietet. Als er jedoch bis zur Höhe des Fensters, das links von ihm lag, gekommen war, konnte er nicht weiter. Es gelang ihm aber, sich so weit vorzubeugen, dass er einen Blick in das Innere des Zimmers tun konnte. Bei dem entsetzlichen Anblick, der sich ihm darin bot, wäre er beinahe vor Schrecken abgestürzt. Und dann wurde die Stille der Nacht plötzlich durch jenes furchtbare Geschrei unterbrochen, das die Bewohner der Rue Morgue aus dem Schlaf weckte. Madame L'Espanaye und ihre Tochter waren, in ihre Nachtkleider gehüllt, offenbar damit beschäftigt gewesen, irgendwelche Papiere in der schon erwähnten eisernen Geldkiste zu ordnen, die sie zu diesem Zweck mitten in das Zimmer gestellt hatten. Sie war offen, und ihr Inhalt lag auf dem Fußboden daneben. Die Opfer hatten wahrscheinlich so gesessen, dass sie dem Fenster den Rücken zukehrten; und da eine kleine Weile zwischen dem Eindringen des Tieres und dem entsetzten Angstgeschrei der Damen verstrich, ist es möglich, dass sie die Bestie nicht sogleich bemerkt hatten. Das Zurückschlagen des Fensterladens haben sie vielleicht dem Wind zugeschrieben. Als der Matrose in das Zimmer blickte, hatte die riesige Bestie Madame L'Espanaye an dem lose herabhängenden Haar gepackt und schwenkte das Rasiermesser vor ihrem Gesicht, die Bewegungen eines Barbiers nachahmend. Die Tochter lag lang ausgestreckt und regungslos auf dem Fußboden; sie war ohnmächtig geworden. Das Geschrei und die Befreiungsversuche der alten Dame, der er das Haar aus dem Kopf riss, versetzten den Orang-Utan, der vorher vielleicht ganz friedliche Absichten gehabt hatte, in wildeste Wut, Mit einem kräftigen Schwung seines muskulösen Armes trennte er den Kopf der Dame beinahe ganz vom Rumpf. Der Anblick des Blutes steigerte seine Wut bis zur Tollheit. Zähnefletschend und mit funkelnden Augen stürzte er sich auf das junge Mädchen, grub seine entsetzlichen Krallen in ihren Hals und würgte die Unglückliche, bis sie tot war. Zufällig wohl fielen in diesem Augenblick seine wild rollenden Augen auf das Kopfende des Bettes, hinter dem das schreckensbleiche Gesicht seines Herrn sichtbar wurde. Die Wut des Tieres, das schon allzuoft die Bekanntschaft mit der Peitsche gemacht hatte, verwandelte sich sofort in feige Angst. Wohl wissend, dass es Strafe verdiene, schien es die Spuren seiner Bluttat rasch verwischen zu wollen; es lief in nervöser Hast im Zimmer umher, riss die Möbel um und zerschlug sie und zerrte die Kissen und Decken aus dem Bett. Endlich ergriff es die Leiche der Tochter und stieß und zwängte sie gewaltsam in den Schornstein hinauf, wo sie dann später gefunden wurde. Dann stürzte es sich auf die der alten Dame und schleuderte sie kopfüber zum Fenster hinaus.

Als der Affe sich mit seiner verstümmelten Last dem Fenster näherte, fuhr der Matrose erschrocken zurück; voll Angst ließ er sich am Blitzableiter hinabgleiten und beeilte sich, so schnell als möglich nach Hause zu kommen, weil er die Folgen der Metzelei fürchtete. Um das Schicksal des Orang-Utans kümmerte er sich vorläufig nicht. Die Worte, welche von den die Treppe hinauflaufenden Leuten vernommen wurden, waren dem Matrosen in seinem Entsetzen entfahren. Das schrille, teuflische Gekreisch der Bestie hatte man irrtümlich für eine eigentümlich scharfe, heiser gellende menschliche Stimme gehalten...

Mir bleibt kaum noch etwas hinzuzufügen. Der Orang-Utan muss, gerade ehe die Tür aufgebrochen wurde, durch das Fenster entwischt und an dem Blitzableiter herabgeglitten sein. Er ist schließlich doch, und zwar von seinem rechtmäßigen Besitzer, wieder eingefangen worden, der ihn zu einem hohen Preis an den »Jardin des Plantes« verkauft hat. Lebon wurde sofort aus der Untersuchungshaft entlassen, nachdem wir im Büro des Polizeipräfekten den von einem Kommentar Dupins begleiteten genauen schriftlichen Bericht über diese Affäre niedergelegt hatten. Obwohl der Präfekt meinen Freund sehr hochschätzte, konnte er doch eine gewisse Gereiztheit über die Wendung der Dinge nicht verbergen, und er verriet dies durch ein paar spöttische Bemerkungen über Leute, die ihre Nase in Dinge steckten, die sie im Grunde nichts angingen.

»Lass ihn reden«, sagte Dupin, der ihn keiner Antwort gewürdigt hatte; »Lass ihn reden! Er will nur sein Gewissen dadurch beruhigen. Mir genügt es, ihn auf seinem eigenen Gebiet geschlagen zu haben. Übrigens ist es nicht zu verwundern, dass er die Lösung dieses Geheimnisses nicht zu finden vermochte. Unser Freund, der Präfekt, ist eben zu schlau, um tief sein zu können. Seine Weisheit hat keinen soliden Boden. Sie gleicht den Abbildungen der Göttin Laverna, d.h. sie besteht nur aus Kopf und hat keinen Körper – oder höchstens Kopf und Schultern – wie ein Stockfisch! Aber er ist darum doch ein ganz famoser Kerl. Ich habe ihn besonders gern und schätze ihn vor allem wegen einer Gabe, der er den Ruf, ein Genie an Scharfsinn zu sein, hauptsächlich verdankt, nämlich wegen seiner Vorliebe ›de nier ce qui est et d'expliquer ce qui n'est pas‹ – wie es in Rousseaus ›Nouvelle Heloise‹ heißt.«